JOAN DE DÉU PRATS

BARCELONA, LA CIUTAT DELS JARDINS AMB XEMENEIA

Col·lecció: URSA MAIOR
Director: David Soler

BARCELONA, LA CIUTAT DELS JARDINS AMB XEMENEIA
1.ª edició, setembre de 2006.
1.ª reimpressió, octubre de 2009

© 2006: Joan de Déu Prats.
© d'aquesta edició: ICG Marge, SL.
© de les il·lustracions: Lluís Filella.

Edita: Marge Books - València, 558, àtic 2.ª - 08026 Barcelona
www.marge.es - Tel. +34-932 449 130 - Fax +34-932 310 865

Gestió editorial: Hèctor Soler, Laura Matos i Anna Palacios.
Edició: Sandra Martínez.
Producció editorial: Miquel Àngel Roig.
Impressió: Service Point (El Prat de Llobregat, Barcelona).

ISBN: 978-84-86684-48-8
Dipòsit Legal: B-

JOAN DE DÉU PRATS

BARCELONA, LA CIUTAT DELS JARDINS AMB XEMENEIA

Il·lustracions: Lluís Filella

ON ÉS L'ÀVIA?

V AIG arribar a Barcelona amb avió, però no vaig po-
der veure la ciutat des de l'aire —tanta il·lusió que
em feia!—, perquè encara no era de dia. Viatjava sol. Els
pares només m'havien acompanyat fins a l'aeroport i
allà me'n vaig acomiadar amb una forta abraçada.

Durant el vol, vaig poder entrar a la cabina de co-
mandament. Sembla mentida que algú pugui conduir
un aparell tan gros i sàpiga fer servir tota aquella pila de
botonets, indicadors i palanquetes!

El viatge va ser tranquil. Venia de Montreal, al Que-
bec, on he nascut.

Montreal és la ciutat més gran del Canadà. I és la se-
gona ciutat del món de parla francesa. Està situada en
una illa, entre dos rius. Té un port molt gran, però du-
rant l'hivern està tancat perquè el riu es glaça. A Mon-
treal, s'hi han celebrat una Exposició Universal i una
olimpíada.

L'àvia m'ha explicat que Barcelona també té un port
gran, però de mar. I que també s'hi han organitzat dues
exposicions i una olimpíada.

L'àvia es va quedar vídua quan la mare era petita. I
no gaire després va haver d'exiliar-se al Canadà.

—Àvia, què vol dir exiliar-se? —li vaig preguntar
una vegada.

L'àvia em mirà, amb les celles arrufades.

—Exiliar-se vol dir que t'obliguen a anar-te'n del teu
país.

—I a tu, qui t'hi va obligar?

—Un dictador espanyol que es deia Franco.

—I què és un dictador?

—Algú que mana un país per la força.

—I per què t'obligà a anar-te'n? —vaig insistir.

—Perquè no tenia llibertat. I sense llibertat no pots dir el que penses.

Em vaig quedar rumiant una mica sobre tot allò. Jo tampoc dic sempre el que penso, però m'agrada saber que tinc el dret de poder-ho dir.

Quan va arribar al Quebec, l'àvia va haver de fer diverses feines fins que va poder treballar a la universitat. És arqueòloga.

Quan es va acabar la dictadura, l'àvia va decidir tornar a Barcelona.

Sovint ve a visitar-nos, però.

La mare, en canvi, es va quedar al Quebec. No li agradaven les pedres antigues. El que li agraden són els animals. Per això va estudiar zoologia. A mi també m'agraden força els animals i al Canadà n'hi ha de fantàstics. Tenim els esquirols voladors, que deuen ser els inventors del vol en parapent. També hi ha ants, aquella mena de cérvols gegants amb banyes com antenes de televisió. I mapatxes, uns mamífers ben divertits que duen com una màscara de lladre a la cara...

El meu pare va néixer a Montreal. A l'escola ens expliquen moltes coses sobre la meva ciutat i el meu país, però a mi m'agrada més com me les explica el pare.

Montreal, com salta a la vista, vol dir «mont reial». Té aquest nom en honor del rei de França, perquè la ciutat va ser fundada pels francesos. A meitat del segle XVIII, el Quebec va passar a mans britàniques i, des d'aleshores, forma part del Canadà.

Al pare també li agraden força els animals, per això es va fer veterinari. Tenint en comú la mateixa passió que la mare, no és estrany que s'entenguessin de seguida. I un dia es van casar.

M'estimo molt els pares, però enyoro l'àvia. Quan ens visita, sempre m'explica coses de Barcelona i Catalunya. I també dels asteques, els egipcis i els antics romans.

A més a més, li agrada molt fer-me girar el cervell amb enigmes i endevinalles. I jo m'ho passo fantàsticament.

—Com més el buides, més gran és. Què és? —em va plantejar en una ocasió.

Jo m'hi trenco el cap, però no sempre les endevino.

—Un forat! —em respongué, finalment, somrient per sota el nas.

Un dia em va prendre el pèl.

—Aquesta és molt fàcil. Quin és l'únic animal que té els peus al cap?

Vaig rumiar un altre cop fins que em va sortir fum de les orelles.

—Va, digues-m'ho!

—El poll!

—Això és fer trampa! —vaig protestar.

Ella es trencava de riure i sentenciava:

—Cal esmolar l'enginy, fill meu.

Altres vegades, m'amagava alguna cosa per casa i després feia un mapa del tresor amb frases com ara: «camina deu passes endavant fins a trobar l'ull hipnòtic».

—Què és «l'ull hipnòtic», àvia? —preguntava jo intrigat.

—La televisió, marrec!

Sempre em posava a prova...

Quan s'acostaven les vacances de Setmana Santa, vaig proposar als pares d'anar a visitar l'àvia. A més a més, jo no havia estat mai a Barcelona i n'havia sentit a parlar tant! Als pares, però, no els sobren pas els diners, de manera que, després de rumiar-ho molt, van decidir que hi anés jo sol.

I, ara, finalment, ja hi era.

Quan vaig baixar de l'avió, vaig trucar als pares. I després de recollir l'equipatge, vaig anar a abraçar l'àvia. De segur que ja tenia alguna endevinalla preparada per rebre'm! Però quina decepció! No era enlloc.

Nerviós, em vaig rascar el cap i vaig esperar-la assegut en un banc.

No va trigar gaire a sonar el mòbil. Era l'àvia!

—Roger, escolta, no puc venir. Vés a casa amb un taxi i demana les claus a la veïna. M'ha passat una cosa...

—Àvia... —vaig fer jo quan es va tallar la comunicació de cop i volta.

Vaig trucar-li immediatament al mòbil i al pis, però no em contestà ningú.

Em vaig quedar una mica desconcertat. Vaig esperar que em tornés a trucar, però el mòbil continuà mut.

—Bé —em vaig resignar—. Agafaré un taxi i aniré a casa seva.

Aleshores, però, em vaig picar el front amb el palmell de la mà. Només portava dòlars!

Ràpidament vaig anar a l'oficina de canvi, però era tancada, encara!

Mentre esperava que l'obrissin, vaig sortir de la terminal de l'aeroport a prendre una mica la fresca.

A fora, hi havia un home vestit amb americana i corbata que carregava les maletes al seu cotxe. Me'l vaig quedar mirant. Aleshores se'm va acudir una idea esbojarrada i m'hi vaig atansar.

—Disculpi, que va a Barcelona? És que l'oficina de canvi de moneda és tancada i no puc agafar un taxi.

Allò ho vaig dir d'una tirada, sense respirar.

L'home em va mirar ben sorprès i a la fi em contestà:

—D'on véns?

—Del Quebec, de Montreal.

—Déu n'hi do. És ben lluny.

I tot seguit em va dir:

—Farem una cosa. Vaig fins a Sant Cugat a deixar

les maletes i després baixo a Barcelona. Si no tens pressa, t'hi porto...

—Genial!

I vaig pujar al cotxe.

Durant el trajecte vam estar xerrant. Em va explicar que era representant de merceria i peces de roba.

—Sabies que Barcelona va ser la primera ciutat industrial d'Espanya? I la indústria més important era la tèxtil. Quan passegis per la ciutat, si t'hi fixes, t'adonaràs que molts jardins tenen una xemeneia.

—Una xemeneia? —vaig repetir sorprès.

—Sí, perquè molts jardins de la ciutat s'han fet en els terrenys que ocupaven antigues fàbriques. Barcelona fabrica un munt de coses.

I llavors em va mirar com fent-se l'important.

—Però les primeres fàbriques van ser les de teixits, les del meu ram.

Jo també tenia ganes de xerrar i li vaig explicar que venia a veure l'àvia. I que la meva mare era catalana i m'havia ensenyat el català. Però que mai no havia estat a Barcelona.

—Esplèndid —va dir ell—. Tindràs l'oportunitat d'entrar a la ciutat per un lloc molt especial.

Després de deixar les maletes, vam agafar una carretera que s'endinsava per unes muntanyes plenes de boscos molt espessos, en direcció a Vallvidrera.

—Com es diuen aquestes muntanyes? —vaig preguntar aleshores.

—La serra de Collserola. I la més alta és el Tibidabo. A l'altra banda hi ha Barcelona.

—Tibidabo... Em sona molt —vaig dir.

—És una muntanya molt divertida, perquè té un parc d'atraccions a dalt.

Vam anar fent giragonses per aquelles muntanyes plenes de pins, alzines i roures. No eren unes muntanyes gaire altes, però els seus boscos eren ben espessos.

—Fins i tot hi ha porcs senglars. I no és estrany que baixin fins a la ciutat a buscar menjar —em va explicar l'home, ben divertit de veure la cara de sorpresa que jo feia.

Vaig pensar que als pares els hauria agradat sentir allò.

Tot just havíem deixat enrere la petita població de Vallvidrera, quan va aparèixer Barcelona als nostres peus. Jo vaig fer un «oh!» d'admiració. Davant meu s'estenia una gran ciutat sota un cel ben blau.

«Aquella arribada era magnífica», vaig dir-me. Quin contrast! Després de travessar un gran bosc, em trobava davant d'una enorme ciutat on vivien milions de persones.

Vam aturar-nos un moment en un revolt per contemplar la vista.

Barcelona, em vaig adonar, és una ciutat allargassada, situada entre el color blau del mar i el verd fosc dels boscos de les muntanyes. I sobre la ciutat penjava un sol brillant, que donava molta lluminositat a les coses.

—I aquella muntanya com es diu? —vaig fer assenyalant cap al mar.

—Montjuïc. Els meus fills, que ho saben tot, diuen que en temps prehistòrics era un illot. I es diu així perquè s'hi van trobar tombes jueves.

Després vam tornar a pujar al cotxe i vam anar baixant fins a entrar a la ciutat.

Vam enfilar un carrer molt llarg, i que es ficava al cor de la ciutat. De fet, l'àvia viu en aquell mateix carrer, que es diu Muntaner. El meu acompanyant em va deixar davant la porta del seu domicili.

—Moltes gràcies per portar-me fins aquí... I per ensenyar-me aquesta vista tan magnífica de la ciutat.

—Que tinguis una bona estada.

Vaig mirar-me un moment l'edifici on viu l'àvia. És ben curiós. Es troba en un xamfrà, és antic i té molts detalls fantàstics que recorden un temple oriental.

Vaig entrar-hi i vaig pujar amb l'ascensor fins a l'àtic.

A continuació em vaig fer la clenxa amb dos dits i em vaig endreçar la roba i vaig trucar al timbre de la veïna.

—Perdoni, sóc el Roger, el nét de la senyora Eulàlia.

—Caram! —se li va alegrar la cara—. No et coneixia.

—Acabo d'arribar. Visc al Quebec.

—Benvingut a Barcelona —va dir-me amb un somriure.

I va afegir tot allargant-me la mà—: Jo em dic Eugènia.

—Molt de gust.

—Que no hi és, l'àvia? —endevinà la dona.

—No... Però penso que vostè té les seves claus...

—Doncs, mira, m'enxampes de poc. Tot just me n'anava a treballar.

I de seguida va agafar les claus d'un calaix del rebedor.

Aleshores li vaig explicar que m'havia trucat l'àvia a l'aeroport i m'havia dit que no podia venir a buscar-me.

—Sap on la puc trobar?

—No... —i va rumiar—. Sempre volta amunt i avall amb les seves excavacions... Anem-hi, t'obriré la porta.

I entrà amb mi al pis.

Una vegada al menjador, vaig deixar la bossa en una cadira i vaig mirar al voltant. La sala era acollidora. Hi havia molts quadres penjats a les parets.

A la del centre, n'hi havia un de gran ple de taques de colors. Me'l vaig quedar mirant una estona.

—T'agrada? És de Miró —va fer l'Eugènia.

—Miró?

—Sí, un dels pintors més grans del segle XX. I era barceloní.

—Doncs sembla pintat per un nen! —vaig dir.

—Aquesta era la seva gràcia. Miró va conservar el nen que tots portem dins. Pintava amb formes simples i colors bàsics, buscant l'essència de les coses, amb una mirada clara, com fa un nen.

Me la vaig mirar sorprès. I vaig dir:

—Ets professora?

—No. Però precisament treballo a la Fundació Miró.

I en dir allò es mirà el rellotge.

—I entro d'aquí a mitja hora! Roger, t'he de deixar. Vine a veure'm un dia.

—És clar! —i li vaig fer un petó abans que se n'anés.

De cop i volta em vaig trobar molt sol. Estava en una ciutat desconeguda i l'àvia no era enlloc. Per fer-me passar aquella sensació, vaig tafanejar per la casa.

Vaig trobar un dormitori i vaig deixar-hi la bossa. Aleshores em vaig fixar en un sobre que hi havia a la

tauleta de nit. I em vaig quedar ben sorprès. En el sobre, hi havia escrit el meu nom i també hi deia:

—Un tresor! —vaig exclamar estranyat i entusiasmat alhora.

De seguida vaig reaccionar. I vaig sospitar que l'àvia m'havia preparat un joc de benvinguda. «Sempre en tenia una de preparada», vaig pensar. I vaig recordar que sempre m'amagava coses per tal que hagués de buscar-les.

—Però on redimonis es deu haver ficat? —vaig exclamar intrigat.

Tot seguit, amb dits tremolosos d'excitació, vaig obrir el sobre i vaig llegir el paper que hi havia a l'interior...

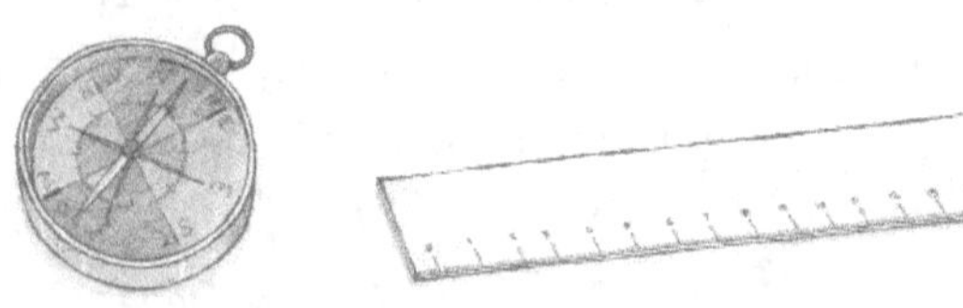

LES COLUMNES DEL TEMPLE DEL PARADÍS

VAIG tornar a llegir-lo: «Les columnes del Temple del Paradís...»

Estava perplex. Què volia dir allò?

—És un enigma! —vaig esbufegar i em vaig fregar el nas.

Sobre la tauleta de nit també vaig trobar un mapa de Barcelona, un regle i una brúixola!

«L'àvia m'havia preparat una rebuda ben espectacular...», em vaig dir. I vaig acceptar el repte de trobar el tresor. Què era i on era aquell temple!

Se'm va acudir de mirar el mapa, però no vaig trobar

aquell lloc. El que que apareixia era l'oficina de turisme, a la plaça Sant Jaume. Hi aniria. De manera que vaig ficar a la bossa el mapa i la brúixola —per a què redimonis m'havia de servir!—, la càmera i el mòbil i vaig començar l'exploració.

Un cop al carrer, vaig demanar com arribar a la plaça i vaig començar a caminar... Aleshores vaig rebre les primeres impressions de la ciutat...

Els carrers són com túnels formats per les branques dels plàtans. N'hi ha molts, arrenglerats a les voreres. Aquest sembla que és l'arbre característic de Barcelona.

Al Canadà l'arbre més abundant és l'auró. Un arbre que a la tardor se li tornen vermelles les fulles. A la bandera del Canadà hi figura la fulla d'aquest arbre, que s'assembla molt a la del plàtan.

També vaig observar els edificis, i em vaig adonar que n'hi ha molts amb guarniments plens de fantasia i vidrieres esplèndides. Encara que, sovint, al capdamunt s'hi han afegit més pisos sense cap gràcia.

La mare m'havia parlat de Gaudí, que havia construït cases increïbles que semblava que haguessin sortit d'un conte de fades. Però no sabia que la ciutat té tants edificis plens d'imaginació.

També em vaig adonar que la gent no va atrafegada i vaig descobrir que Barcelona és una ciutat esplèndida per passejar.

Vaig passar per davant d'un banc i vaig canviar moneda. I no vaig trigar a arribar a un carrer ample que es diu passeig de Gràcia. Avinguda amunt, em va cridar l'atenció un grup de turistes que feien fotos. M'hi vaig apropar i vaig quedar garratibat en veure un edifici anomenat casa Batlló. No hi havia dubte que era de Gaudí. Els balcons semblen la màscara del «zorro», i la coberta de l'edifici és l'espinada d'un drac.

Just en aquell moment algú em va posar una mà a l'espatlla. Em vaig girar i vaig veure un pidolaire.

—Veig que t'agraden els edificis, marrec...

Jo no les tenia totes, però aquell home em va mirar amb ulls riallers, com si jo li fes gràcia. Potser havia de ser així, ja que estàvem precisament al passeig de Gràcia!

Finalment, l'home va parlar.

—Si em dónes una moneda, te'n puc ensenyar un altre, d'edifici, que sembla la casa d'uns troglodites.

—D'uns troglodites...?

—Sí, és diu la Pedrera.

—Ah, la Pedrera —vaig recordar—. La meva mare me n'ha parlat. Gràcies però tinc pressa —vaig dir-li per sortir de la situació.

L'home em va mirar amb ulls encuriosits.

—I per què tens pressa, si es pot saber?

—Estic buscant el Temple del Paradís —em va sortir de dir la veritat.

—Ah, caram, caram...

I aleshores se m'acostà a l'orella.

—Doncs jo t'ho puc dir... Però primer t'explicaré una cosa de la ciutat.

Jo anava a dir-li que no calia, quan va començar a parlar.

—Això és l'Eixample de Barcelona —va fer obrint els braços de bat a bat—. I el va projectar un enginyer que es deia Ildefons Cerdà. Era un home molt intel·ligent, amb idees noves, i va ser un dels més importants urbanistes del món.

—Què és un urbanista? —no vaig poder evitar de preguntar.

Amb veu teatral, em va contestar:

—Una persona que dissenya ciutats...

I va continuar parlant com si m'expliqués un secret.

—Fa només un segle i mig, Barcelona encara estava envoltada de muralles. I fora no s'hi podia construir.

Tot allò era molt interessant, però vaig mirar el rellotge. Començava a impacientar-me. L'home, però, no em deixà protestar.

—Quan es va permetre construir fora de la muralla, Cerdà es va inventar una ciutat quadriculada, amb tots els carrers en angle recte. Havia de ser una ciutat-jardí, però els rics de l'època tenien tantes ganes de fer diners que finalment tot l'Eixample es va omplir de cases.

—I algunes són molt boniques —vaig atrevir-me a dir.

—Sí, n'hi ha de molt boniques... però, has vist cap parc venint cap aquí?

—No, senyor.

—Doncs si haguessin fet cas a Cerdà, ara estaries al bell mig d'una ciutat enjardinada.

—És una llàstima... però ara me n'he d'anar.

—I t'has guanyat saber on és el Temple del Paradís...!

Però abans l'home em parà la mà.

Em vaig rascar la butxaca i el pidolaire, satisfet, va tornar a acostar-se'm a l'orella i va deixar anar:

—El Temple del Paradís és el temple romà... que està just al carrer Paradís. Al costat de la catedral. Agafa el metro, baixa al Liceu i ben aviat hi seràs.

—Com és que en sap tant? —li vaig preguntar encuriosit.

—Em guanyo la vida explicant coses al turistes...

Li vaig estrènyer la mà.

—Gràcies per tot el que m'ha explicat.

I després d'acomiadar-me'n, vaig tornar a pensar en el tresor amagat.

La boca del metro era ben a prop. Me'n vaig anar escales avall i, després d'haver pagat el bitllet, vaig esperar-me a l'andana.

Em sentia com el protagonista d'una aventura emocionant i mirava totes les coses amb la curiositat de qui veu el món per primera vegada. L'únic que m'entristia una mica era que l'àvia no fos amb mi. Em costava de creure que encara no l'hagués vist. Vaig tornar a trucar-li, però no contestava ningú.

No hi vaig voler pensar més i em vaig concentrar en uns televisors penjats del sostre. Hi feien les notícies. Algunes parlaven de fets d'actualitat, d'altres eren ben ximples, com un esport australià que consistia a córrer imitant els cangurs.

També hi havia uns plafons electrònics que anunciaven els minuts i segons que faltaven perquè arribés el metro.

No vaig trigar a arribar a la parada del Liceu i, de seguida, vaig sortir al carrer. Ara em trobava al bell mig d'un magnífic passeig: La Rambla.

Un riu de persones hi passejava: turistes, gent de totes les races, badocs, mariners, parelles, grups de nens i joves...

L'únic que no es movia era unes estàtues humanes disfressades de faraó, *cow-boy*, Charlot, King-kong o monstre galàctic. La gent els feia fotos i els donava monedes. Músics, ballarins, titellaires, caricaturistes, també distreien els passavolants sota el fullam dels grans plàtans. Vaig aturar-me un moment a contemplar l'escena.

Aquell passeig, n'estava segur, era un dels més divertits i bonics del món.

Després de tornar a mirar el mapa, em vaig ficar per carrerons vells i estrets amb pas decidit tot cercant la catedral. Quina diferència amb l'Eixample, on tots els carrers eren tan rectes i ordenats! Com més m'endinsava per aquells carrerons, més tenia la sensació d'estar perdut en un laberint. Em va semblar fascinant aquella idea. Sempre m'havien agradat els laberints. I Barcelona en té un de ben gran!

A tocar de la catedral, vaig trobar de seguida el que buscava: el carrer Paradís. El que no entenia era com podia haver-hi tot un temple romà allí. El carreró s'acabava de seguida i l'única porta oberta era la del Centre Excursionista de Catalunya. Hi vaig entrar. Dins hi ha un pati fosc, però al fons s'obre una sala. I sense esperar-m'ho, vaig descobrir quatre columnes esveltes i ben plantades.

Allò era l'únic que quedava del temple romà! Així i tot, eren esplèndides. M'hi vaig acostar. Davant meu hi havia la Barcelona més antiga. Segons vaig llegir en un rètol, aquelles restes tenien gairebé dos mil anys! Finalment em trobava en el Temple del Paradís.

El mateix rètol explicava que Barcelona s'anomenava en temps dels romans: «Colonia Iulia Augusta Paterna Faventia Barcino». «Eren una mica exagerats, aquells paios!» vaig pensar.

Llegint, llegint, vaig saber que hi ha una llegenda sobre Barcelona que diu que la va fundar Hèrcules després d'haver fet una expedició amb nou barques. Totes van naufragar menys l'última. Per això, en arribar a terra, va denominar aquell lloc, «Barca nona», o «barca novena», i d'aquí, Barcelona.

Llegendes a part, la ciutat la van fundar els romans al segle I de l'era cristiana.

Vaig tornar a mirar les columnes. Eren dels temps de Juli Cèsar...! Quants anys tenia Barcelona!

Aquelles columnes, però, m'amagaven alguna cosa, n'estava segur.

Me les vaig mirar amb molta atenció i el cor em va fer un sotrac quan vaig descobrir, en la part posterior d'una, un paperet enrotllat que hi estava enganxat dissimuladament. El vaig agafar, i el vaig llegir gairebé sense respirar...

UN SANT DINS UN GRIPAU

TORNAVA a estar desconcertat. Ara no es tractava d'un enigma sinó d'una endevinalla i ben estranya! Però de seguida hi vaig posar fil a l'agulla. Hi vaig rumiar força... Havia de trobar la trampa d'aquell joc de paraules. Un sant dins un gripau... Quin sant hi pot haver, dins un gripau...?

Tot d'una ho vaig intuir! L'àvia se les empescava totes!

Dins de gripau hi trobem PAU! Per tant es tractava de sant Pau... enmig d'un camp... Què em volia dir l'àvia...? Neguitós, em vaig mossegar les ungles.

Per més que hi pensava, sobre aquell sant Gripau... vull dir aquell sant Pau enmig d'un camp, no se m'acudia res.

Vaig estar temptat de tornar a casa l'àvia i esperar-la fins que es dignés a aparèixer. Però havia acceptat un repte i volia arribar fins al final.

En aquell moment van arribar un parell de turistes anglesos. Eren llargs i esprimatxats i tenien la cara vermella com un tomàquet. Portaven una guia de Barcelona i els la vaig demanar un moment.

Vaig mirar «sant Pau» a l'índex sense gaire convenciment. Però vet-ho aquí que s'hi esmentava un carrer, un hospital i una església... Una església que es deia justament Sant Pau del Camp! Fins i tot hi havia una foto. Era l'església romànica més antiga de la ciutat. I a peu d'imatge hi deia: «Sant Pau del Camp es troba situada al barri del Raval».

Sant Pau enmig d'un camp!, vaig dir-me entusiasmat, no podia ser altra cosa que aquella església!

Tan difícil que em semblava l'endevinalla i la solució era ben fàcil!

Vaig tornar a sortir al carrer més content que un gínjol. Feia un dia radiant i jo em sentia meravellosament. Caminant per aquells carrerons no vaig trigar gaire a ser altre cop a La Rambla. L'església es trobava al final del carrer Sant Pau, un carrer que naixia en aquell mateix passeig.

Estava mirant d'orientar-me, en un punt de La Rambla que es diu Pla de l'Os, quan em vaig adonar que sota els peus tenia un gran cercle fet amb peces de colors.

Quina sorpresa! Es tractava d'una obra de Miró! I ningú no s'aturava a mirar-la!

«Aquesta deu ser l'obra d'art més trepitjada del món», se'm va ocórrer de pensar llavors...

En aquell moment vaig sentir una estrebada rera meu i un pispa que arrencà a córrer se m'emportà la bossa que duia penjada.

Abans no vaig reaccionar, però, un altre home el va empaitar. El lladregot, en veure que el perseguien, va llençar la bossa i escapà carrer avall.

De seguida, l'home em tornà la bossa.

—Ves amb molt de compte, no es pot badar gens.

—Gràcies —vaig dir encara una mica espantat.

Quan vaig estar més tranquil, li vaig preguntar si era normal allò i em va dir que molts barcelonins i turistes es queixaven de la inseguretat.

Tot seguit ens vam presentar i jo vaig aprofitar per preguntar-li si el carrer Sant Pau era a prop.

—Hi tinc un bar a la vora. Si vols, t'hi acompanyo.

—Fantàstic!

Mentre caminàvem per la Rambla, l'Armando, que així es deia, em va dir que era de Guinea Equatorial, un país de l'Àfrica.

Jo li vaig comentar que venia del Quebec i estava coneixent la ciutat.

Tot seguit vam deixar La Rambla i ens vam ficar pel carrer Sant Pau.

De cop i volta va semblar que ja no fóssim a Barcelona. Tot aquell llarg carrer és ple d'establiments pakistanesos: restaurants, videoclubs, barberies, botigues de queviures, locutoris de telèfon...

A més de pakistanesos també hi havia altres asiàtics amb turbant, àrabs, africans, turistes que sortien dels hotels amb cara de badocs, joves d'altres països europeus... i un munt de gent, alguns vestits de maneres sorprenents.

També hi havia botigues on es feien tatuatges al costat de bars de tota la vida i una pila de comerços més.

L'Armando, en veure'm com badava, va dir-me:

—Hi ha persones a qui no agraden els estrangers.

—Per què?

—Els fan por.

—Que són perillosos, potser? —se'm va acudir de preguntar.

—No. Però hi ha qui no els vol aquí perquè tenen altres costums.

Anàvem conversant mentre pel costat se sentia parlar en molts idiomes.

—I no s'adonen —va continuar l'Armando— que si Barcelona s'ha fet una gran ciutat és gràcies a l'esforç de moltes persones que han vingut de lluny per treballar, estudiar, tenir més oportunitats. De fet, tots som de fora.

Me'l vaig mirar.

—Què vols dir?

—Per exemple, aquest barri, el Raval, ha estat la porta de Barcelona per a molta gent que venia d'altres llocs.

L'Armando va continuar explicant-me coses interessants.

—Quan a la ciutat van començar a haver-hi fàbriques es necessitaven obrers. I les primeres persones que van arribar a Barcelona per treballar-hi van ser altres catalans. Després va arribar gent d'altres parts d'Espanya. Ara vénen àrabs, pakistanesos, filipins, africans —com jo—, sud-americans... Som gent que busquem una vida millor. L'única diferència és que venim de més lluny.

M'agradava allò que deia l'Armando. I vaig pensar en l'àvia, que també havia hagut d'emigrar.

—Per exemple —va continuar l'Armando—, els manobres que han pavimentat aquest carrer són magrebins. Han ajudat a millorar la ciutat.

—A mi m'agradaria veure món —vaig dir unes passes més endavant—. I està molt bé això de viatjar per altres països només canviant de carrer.

L'Armando va pensar en això que jo acabava de dir.

—És important que la gent de fora es pugui relacionar, que no es quedi tancada en un barri. Però és difícil fer-ho d'avui per demà. I tens raó, veure costums diferents et fa més obert.

Vam travessar un carrer que es diu la Rambla del Raval i tot seguit vam topar-nos amb uns jardins que tenien una xemeneia! Com m'havia dit el representant de vetesifils aquell matí. Finalment, vam trobar l'església de Sant Pau del Camp! Era petita i molt antiga.

Vaig estar una estona contemplant-la fins que van

passar pel nostre costat
unes dones morenes,
molt guapes. Tenien el
cabell llarg, que els queia
esquena avall, i anaven
molt mudades.

—També són paquis-
taneses? —vaig pregun-
tar a l'Armando.

Les va mirar com
s'allunyaven. I m'explicà
a la fi:

—No. Són gitanes.

—I també han arribat fa poc a la ciutat?

—Jo diria que fa més temps que viuen a Barcelona
que la majoria de barcelonins. Al Raval, si més no.

I hi va afegir:

— Saps d'on venien?

—No.

—Doncs del Pakistan.

Em vaig quedar rumiant fins
que vaig dir:

—Aleshores ja hi havia pakis-
tanesos en aquest barri fa segles!

L'Armando se'm quedà mi-
rant amb un somriure als llavis,
però tot d'una adoptà un posat
pensarós.

—Saps què?

El vaig mirar.

—Que els barcelonins fa se-
gles que conviuen amb els gitanos
i encara no els coneixen prou bé...

Si tinguéssim més curiositat pel que ens és diferent, tractaríem més bé tothom...

Vam estar-nos una estona més contemplant la bonica església medieval.

—Vull visitar-la —vaig dir.

—Molt bé. Jo he d'obrir el bar. Vine després.

I ens vam acomiadar.

L'interior del temple era senzill. S'hi respirava una calma que invitava a meditar.

Em vaig asseure un moment. I vaig pensar en tot allò que m'havia explicat l'Armando. I vaig dir-me que una ciutat no són només les pedres, els museus, els monuments. El més important és la gent que hi viu.

De seguida, però, vaig recordar per què estava allí. Trobaria el tresor amagat dins l'església? En una sala vaig descobrir la llosa d'un sarcòfag. Una placa explicava que allí hi havia enterrat Guifré II.

«Qui era aquell paio? Un personatge important del barri..?».

Vaig llegir en un rètol que era el fill de Guifré el Pilós. Es tractava d'un comte de Barcelona. I els comtes de Barcelona, segons vaig continuar llegint, eren les persones més importants de Catalunya a l'edat mitjana. Guifré el Pilós va reunir els comtats catalans sota el seu poder i va fer de Barcelona la seva capital. Per això se'l considera el primer personatge important de la història de Catalunya. Amb el descobriment que el seu fill estava enterrat al barri xinès, vaig continuar buscant.

I el que vaig trobar tot seguit em va emocionar. Era un claustre preciós. Cridava l'atenció un lloc tan retirat enmig d'un barri tan bulliciós.

Al mig del claustre hi havia una fonteta. M'hi vaig acostar per mirar-la amb atenció i una altra vegada se'm disparà el cor. Arrapat a la pedra hi havia un paperet enganxat amb cinta adhesiva. Vaig perdre la poca serenitat que em quedava. Vaig agafar-lo i vaig trobar una altra endevinalla!

SOLS TÉ UNA MÀ I ÉS MIG MUT. ESTÀ PETRIFICAT EN UN PULMÓ DE LA CIUTAT

AL cap d'un moment em rebia un altre cop el soroll del carrer. Duia el paperet ben premut a la mà. El sol escalfava força, i jo tenia el cap ben calent, però no era per culpa del sol, sinó per aquella endevinalla tan complicada que acabava de llegir.

Me l'havia d'estudiar amb tranquil·litat, de manera que vaig decidir anar al bar de l'Armando.

Mentre em menjava un boníssim entrepà de fuet, la vaig llegir i rellegir. Com volia l'àvia que endevinés allò!

Vaig carregar-me de paciència i em vaig concentrar en la primera frase:

«Sols té una mà i és mig mut...». Què podia ser...?

Vaig tornar a llegir aquelles paraules sense cap esperança de trobar la solució, quan, de sobte, ho vaig veure clar com l'aigua: «Sols té una MÀ i és mig MUT!». És clar! MAMUT!

Efectivament, en la paraula mamut sols hi ha una «mà», i l'altra meitat és «mut». A més a més, un mamut, com un elefant, només té una mà, que és la trompa!

Vaig llegir aleshores l'endevinalla completa: «El mamut està petrificat en un pulmó de la ciutat...».

Em vaig fregar el nas i li vaig dir a l'Armando si en sabia, d'endevinalles.

—Endavant —va fer sense deixar d'eixugar uns gots.

I quan la vaig llegir en veu alta, va respondre sense parpellejar:

—És molt fàcil. Només hi ha un mamut a Barcelona. Un mamut de pedra.

—On? —em vaig afanyar a dir.

—Al parc de la Ciutadella... que és un pulmó verd de la ciutat.

—Ets un as! —vaig saltar d'alegria i gairebé li vaig fer un petó.

Li estava molt agraït per tot el que m'havia explicat de Barcelona.

—Es nota que t'estimes la ciutat —vaig afegir en dir-li adéu.

—Ja saps on em pots trobar. Vine quan vulguis.

Seguint les seves indicacions, vaig sortir a una avinguda que es diu Paral·lel. Segons l'Armando, anys enrere havia estat un carrer ple de teatres i sales d'espectacles. Ara gairebé no n'hi queden. Potser la televisió ha matat tot això... En aquell carrer vaig agafar un autobús que m'havia de portar al parc.

Durant el trajecte vaig veure que els pobres ciclistes ho passen malament a la ciutat. Els cotxes no respecten gaire els carrils bici, dels quals, pel que sembla, tampoc no n'hi ha gaires. Tan divertit com és anar amb bicicleta! En canvi hi circulen un munt de motos. No n'havia vist mai tantes!

De cop i volta, davant meu va aparèixer una extensió plena d'arbres.

—El pulmó verd! —vaig exclamar.

I em vaig aixecar. Havia arribat a la meva parada. I quan es van obrir les portes, vaig saltar a la recerca del mamut petrificat!

Finalment veia un gran parc a Barcelona. El parc de la Ciutadella era com una extensa taca verda enmig de tants i tants edificis. Una vegada a dintre vaig preguntar pel famós mamut.

El vaig trobar a prop d'un estany amb ànecs i barquetes. Era de grandària natural i impressionava. Era colossal.

Vaig imaginar-me cavernícoles caçant-ne un. Semblava impossible.

Després de fer volar la imaginació, vaig buscar una

nova pista de l'àvia. Era possible que ja tingués el tresor a l'abast de mà? Coneixent l'àvia, en podia dubtar.

Em vaig mirar el mamut del dret i del revés. Però no hi vaig veure res.

Estava encara capficat observant-lo quan em sobresaltà una veu rere meu:

—Per molt que el miris no es mourà.

Em vaig girar ràpidament i vaig veure una nena amb una expressió mig encuriosida mig burleta.

—Què fas?

M'havia agafat per sorpresa i només se m'acudí de dir la veritat.

—Busco un tresor.

La nena em mirà com si em faltés un bull.

—Un tresor?

No ho veia clar, però s'oferí a ajudar-me.

—No, no, gràcies —vaig contestar.

La nena no hi va insistir, però tot d'una comentà:

—Sabies que a Barcelona van existir els mamuts?

Ara vaig ser jo qui la va mirar sorprès.

—Vols dir pels carrers?

—No, home, no. Em refereixo a la prehistòria. Van trobar un fèmur de mamut en unes excavacions. El vaig veure en una exposició.

—Costa d'imaginar. Mamuts a Barcelona...

—Sí —va fer divertida—. T'imagines un ramat de mamuts pasturant a la plaça Catalunya?

I esclafí a riure. Reia d'una manera que s'encomanava.

—Em dic Eli —va dir-me tot d'una, i m'allargà la mà com fan els grans.

—Eli? —vaig preguntar-li jo mentre li tornava la salutació.

—Sí, Elisenda.

Jo també em vaig presentar. I tot seguit ens vam quedar un moment mirant-nos sense saber què dir.

Per no semblar antipàtic, vaig preguntar-li si venia sovint a aquell parc.

—No. He vingut amb la meva germana i el seu xicot. Com que estan enamorats, no paren de dir-se ximpleries i me n'he anat a fer una volta.

—Per què es diu parc de la Ciutadella? —se'm va acudir de preguntar-li aleshores.

La nena s'arronsà d'espatlles. Però de seguida se li encengué la mirada.

—La meva germana i el seu xicot estudien història, segur que ho saben!

I d'un rampell m'agafà de la mà i, sense que pogués protestar, m'arrossegà fins a una esplanada de gespa.

—Així pararan de mirar-se tant als ulls —va fer l'Eli entremaliada.

Després de presentar-me'ls, els va preguntar allò del nom del parc. Jo pensava que la seva germana ens engegaria a dida, però va ser al contrari. Ens va fer seure i em preguntà com és que tenia aquell accent francès. Li vaig contar que era del Quebec i tot allò de l'àvia i la mare que són catalanes.

—Au, va, expliqueu-nos això de la Ciutadella —va reclamar amb impaciència l'Eli.

—Molt bé —va accedir la Neus, que així es deia la seva germana—. Fa molt de temps tot això havia estat un barri de la ciutat. Però el van enderrocar totalment per fer-hi una fortalesa militar.

—I per què ho van fer? —vaig preguntar.

L'Ignasi, el xicot de la noia, em va contestar:

—Va ser després d'una guerra que van perdre els catalans. Des d'aquell moment Catalunya va perdre les seves llibertats. Era l'any 1714.

—A l'escola ens ho han explicat, això —va comentar l'Eli.

—I contra qui va ser aquella guerra? —vaig interessar-me.

—Contra un rei espanyol, Felip V, que no li interessava que Catalunya tingués les seves lleis i els seus drets.

—Durant la guerra —continuà la Neus—, Barcelona va estar més d'un any assetjada, i va ser atacada i bombardejada. Finalment, hagué de rendir-se. I el català va ser prohibit i les institucions del país van ser suprimides.

L'Ignasi contà aleshores que el rei, per vigilar la ciutat, va manar enderrocar tot un barri per fer-hi construir una gran fortalesa: la Ciutadella.

—Doncs a mi m'agrada més com a parc —vaig dir, mirant al meu voltant.

—El rei va oprimir Barcelona amb aquesta nova fortalesa —continuà el noi—. I les seves tropes vigilaven la ciutat des del castell de Montjuïc, d'una banda, i des de la Ciutadella, de l'altra. I quan el poble es revoltava, des d'aquests dos castells tornaven a bombardejar-la.

—I quan va ser enderrocada la Ciutadella? —va preguntar llavors l'Eli.

—Va ser a mitjan segle XIX. La gent l'odiava tant que tothom va col·laborar a fer-la desaparèixer, i en el seu lloc es va fer un parc.

L'Eli tot d'una va assenyalar una construcció que es veia des d'allí.

—Aquell edifici és de l'època de la Ciutadella?

—Sí —va fer l'Ignasi—. Era l'arsenal de la fortalesa, on guardaven les armes. És dels pocs edificis que se'n van salvar. Ara és el Parlament de Catalunya.

—Que curiós, un parlament dins un polvorí... —em vaig sorprendre.

—Sí, esperem que els polítics no escalfin gaire els ànims allí dins... o podria explotar... —va ironitzar l'Ignasi.

De cop i volta va bufar un aire fresquet. Em vaig picar el front. M'havia oblidat de per què havia anat al parc!

Em vaig aixecar, els vaig donar les gràcies per aquella bona estona i els vaig dir adéu.

Quan ja havia fet unes passes, però, l'Eli arrencà a córrer darrere meu.

—Vas a buscar el tresor?

—Sí.

—Deixa'm que t'ajudi... —em va dir mirant-me intensament als ulls.

Li anava a dir que no, que aquell embolic l'havia de resoldre tot sol, però, de sobte, vaig pensar que quatre ulls hi veuen més que dos.

—Vols fer d'exploradora?

La nena es quedà sorpresa.

—No conec Barcelona i l'àvia, amb els enigmes, em fa anar amunt i avall.

I aleshores li vaig explicar la pel·lícula sencera. La rebuda ben especial que m'havia preparat l'àvia i tots aquells enigmes i endevinalles que m'havien de portar fins a un tresor amagat.

—Si que és divertida, la teva àvia! —va fer l'Eli riallera.

I em tornà a mirar amb aquella mirada intensa.

—Entesos!

I va anar a dir-li a la seva germana que tornaria sola a casa. Després vam regirar de nou el mamut. De seguida l'Eli em va dir:

—Has mirat allí?

Era un cartellet al capdamunt d'una columneta. Havia estat tan capficat amb el mamut que no m'havia fixat en els voltants.

Vaig anar cap allí. El rètol explicava la vida d'aquelles bèsties. La intuïció em va fer posar la mà al darrera del cartellet i...

—Justa la fusta! —vaig cridar.

Hi havia un paperet amagat. El vaig treure amb un somriure d'orella a orella.

L'ESGLÉSIA DEL 3,1416

L'ELI se m'acostà contenta.

—Què hi diu? —em va demanar encuriosida.

Li ho vaig llegir...

L'Eli i jo ens vam mirar ben desconcertats.

—Església 3,1416... —vaig repetir—. Què deu voler dir?

—La teva àvia em sembla que està una mica tocada del bolet.

—Com pot haver-hi una església amb aquest nom? —em vaig preguntar.

—Potser és l'església dels matemàtics... —digué l'Eli fent broma.

—Matemàtics...? —vaig arrufar les celles—. Espera! Ja ho tinc! 3,1416 és un número molt conegut. És el número PI...!

—Exacte! Per tant es refereix a l'església del Pi!

—Hi ha alguna església amb aquest nom?

—Sí. Al barri gòtic.

—Doncs som-hi! —vaig dir ben decidit.

I sortírem del parc rient, entusiasmats per haver desfet aquell enigma.

Vam recórrer tot el carrer Princesa, que em va semblar molt elegant tot i que estava ple de basars i botigues de quincalla electrònica.

Al mateix carrer Princesa en neix un altre que es diu carrer Montcada, on hi ha molts palaus medievals. En un d'aquells antics edificis, s'hi ha instal·lat el Museu Picasso.

Em vaig dir que quan trobés el tresor també el visitaria.

Pel camí anàvem xerrant. L'Eli m'explicà que la seva mare és mestra i el seu pare, informàtic.

Jo li vaig contar què feien els meus pares i com es viu al Quebec. I que l'àvia remena pedres antigues.

Ella em mirà amb cara de trapella.

—Potser t'observa sense que te n'adonis... a veure si ho fas bé.

Instintivament vaig mirar a esquerra i a dreta, però no la vaig veure.

L'Eli m'explicà coses del seu avi.

—Va haver d'emigrar per trobar feina. I en arribar a Barcelona va haver de fer-se ell mateix la casa, com molts nous veïns de la ciutat.

—Apa! I on viu el teu avi? —em picà la curiositat.

—A Roquetes. És un barri arrapat a la muntanya.

—Un barri construït per les mateixes persones que hi viuen té molt de mèrit...

I llavors vaig recordar el meu país i vaig dir:

—Al Quebec, els colons que arribaven a terres verges també es feien ells mateixos les cases.

—Sí, però Barcelona no era una terra verge. El que passa és que eren pobres i s'havien d'espavilar sols perquè ningú no els ajudava.

I va afegir-hi:

—L'avi m'ha explicat que vivien sense aigua potable, ni electricitat, ni vàter. Les clavegueres, les van fer entre els veïns també. I només tenien un metge!

Tot seguit em contà una peripècia del seu avi. Resulta que cap autobús arribava a Roquetes i, després d'esperar anys, els veïns en van raptar un i el van fer pujar fins al barri per cridar l'atenció dels governants.

—Hauries d'estar orgullosa del teu avi —li vaig dir.

—Ho estic.

—M'agradaria conèixer-lo.

L'Eli va fer un somriure preciós.

—I a mi també m'agradaria conèixer la teva àvia.

I aleshores em mirà d'una manera molt especial i digué:

—M'alegro d'haver-te conegut, francès!

—Francès, no! Quebequès!

Vam arribar a la Via Laietana, un carrer ample que baixa fins al port. I allí ens vam quedar aturats perquè hi havia una manifestació.

Una riuada de gent que omplia tota la via de banda a banda avançava lentament portant pancartes de tots colors. Moltes persones cantaven, picaven de mans, xiulaven, ballaven. D'altres tocaven instruments i tambors. També n'hi havia que s'esgargamellaven cridant consignes i eslò-

RESISTÈNCIA
GLOBAL

gans. Alguns caminaven silenciosos. La majoria feien gresca, reien i xerraven. I hi havia manifestants de molts països i races diferents. Tots protestaven contra la globalització.

Mentre els contemplàvem sorpresos, vaig dir a l'Eli que n'havia sentit a parlar, d'allò de la globalització, però que no sabia ben bé de què es tractava.

—Sembla complicat. Però la mare m'ho ha explicat perquè ho entengués.

Tot intentant passar pel mig de la manifestació, me'n va parlar.

—El món cada vegada està més connectat. Amb la televisió, internet, la facilitat per viatjar...

—Això és bo —vaig dir.

—Sí. Cada vegada és més fàcil conèixer coses diferents, però no tothom en pot gaudir.

Una vegada vam ser a l'altra banda de la manifestació, l'Eli va continuar explicant-me:

—Intercanviar coses és important. Però cal que els intercanvis siguin justos. Si no, la riquesa no es reparteix equitativament entre tothom.

—I qui ho impedeix, això? —vaig preguntar.

—Els països rics. Tenen molt de poder i obliguen la resta del món a fer el que ells volen.

Em vaig rascar el clatell. Hi havia una cosa que no m'encaixava.

—Però si nosaltres formem part dels països rics, per què és manifesta aquesta gent?

—Per solidaritat. Perquè totes les persones tinguin les mateixes oportunitats. Volen canvis. I per això protesten.

—A mi també m'agrada protestar —vaig reconèixer—. Sobretot quan els pares no em deixen tornar tard a casa.

—Doncs hauràs de manifestar-te!

Vam tornar a mirar tot aquell riu de gent. «Tant de bo les coses millorin al món...», vaig pensar.

I tot seguit vam fer via cap a l'església del Pi.

Per car-rerons amagats on el sol gairebé no entrava, vam caminar pel barri Gòtic. Vam veure la plaça del Rei, el claustre de la catedral i el call, el barri jueu medieval. Mai no havia vist carrers tan estrets. Barcelona deu ser de les ciutats amb els carrers més estrets del món!

Finalment vam arribar a la plaça del Pi. Aquell espai em va semblar un dels més bonics de la ciutat. L'aire que s'hi respirava era com d'un altre temps. Molts pintors hi exposaven quadres i dibuixos. Una banda de *jazz* tocava envoltada de curiosos. A les terrasses dels bars, la gent prenia la fresca.

«Quins contrastos tenen les ciutats», vaig pensar. Fa una estona havíem deixat un món enrera. I ara entràvem en un altre...

L'església del Pi, d'estil gòtic, estava a tocar.

Vam entrar-hi i al vestíbul ens vam topar amb un grup de turistes que escoltaven un guia. Explicava la Barcelona gòtica. Hi vam parar l'orella un moment.

Era interessant allò que explicaven, però havíem de continuar la recerca.

Vam entrar dins l'església i, tot seguit, ens vam quedar badant davant d'un gran vitrall rodó, una rosassa, que produïa una lluminositat màgica.

—A mi em criden més l'atenció les construccions antigues —vaig comentar a l'Eli—perquè a l'edat mitjana el meu país no existia. On jo visc, tot és modern.

—Doncs a mi m'agraden les construccions actuals.

—Com quines? —li vaig preguntar.

—El pavelló d'esports Sant Jordi, que té forma d'escarabat. O la torre de comunicacions que hi ha al costat, és genial. O el pont de Bac de Roda...

Vaig mirar la rosassa. No estava segur que ara es fessin coses tan belles...

—On deu ser el tresor? —va dir-me l'Eli tot fent-me tornar a la realitat.

Vaig donar un cop d'ull al meu voltant, allò era massa gran.

—Potser trobarem un nou enigma... —insinuà ella.

I vam començar a regirar: les capelles, l'orgue, sota els bancs, l'entrada...

Tot repassant aquest últim indret, em vaig quedar de

pedra en veure enganxat amb una xinxeta, al plafó on s'anuncien els horaris de missa, un paperet amb el meu nom escrit!

El vaig agafar i el vaig llegir. Les coses encara es complicaven més...

CAMINA 40° NORD-OEST
FINS A L'ULL QUE VIGILA EL CEL

Es tractava d'un altre enigma! Quan el va llegir l'Eli, va fer la mateixa cara d'estranyesa que jo. Realment allò era ben enrevessat! Però, amb el seu ajut, de segur que en treuríem l'entrellat. De manera que ens vam concentrar a resoldre'l. «Camina 40° nord-oest fins a l'ull que vigila el cel...».

—40°... 40° —vaig anar repetint fins que vaig fixar la vista a la rosassa, que era com una gran circumferència, i vaig recordar una cosa.

M'acabava de venir al cap que portava una altra circumferència dins la motxilla. Una circumferència amb una agulla imantada! I de seguida vaig treure'n la brúixola que m'havia deixat l'àvia.

Ho vaig explicar a l'Eli i vaig rematar:

—Hem de buscar els 40° nord-oest des d'aquí i ens conduirà a l'ull que vigila el cel!

I d'un rampell vaig agafar l'Eli i vam sortir a l'exterior del temple.

Allí vaig fer servir la brúixola i l'agulla indicà immediatament el nord. Aleshores vaig comptar 40° nord-oest, vaig estendre el braç i vaig afirmar ben convençut:

—És cap allà!

L'Eli em mirà una mica decebuda.

—Allà només hi ha una paret.

No m'ho podia creure, tanmateix era cert! Vaig enfonsar les espatlles, confós... però em vaig picar el front.

—És clar, el mapa! L'àvia em va deixar la brúixola i també un mapa de Barcelona! Hem de localitzar l'església amb el mapa i, des d'aquell punt, trobar els 40 graus nord-oest!

Com que era complicat de fer-ho allí mateix, vam anar a una xocolateria que hi havia ben a prop. Vam demanar xocolata desfeta amb melindros —tota aquella excitació ens havia obert la gana!— i rient de valent i amb la boca empastifada de xocolata vam desplegar el mapa i vam buscar l'església del Pi.

Ens imaginàvem que érem dos pirates sobre el mapa del tresor.

—Amb les monedes d'or que trobem us compraré un garfi nou —vaig dir-li amb veu gruixuda imitant un corsari.

Ella em contestà amb el mateix to:

—Esplèndid, capità. I jo us regalaré una pota de marfil. La de fusta la teniu corcada...

Una vegada vam tenir situada l'església, vam col·locar la brúixola al damunt i vam marcar els 40 graus nord-oest. Tot seguit, amb el regle vam traçar una línia ben recta en aquella direcció. La línia travessava la ciutat fins al Tibidabo.

Vam estudiar aquell itinerari. On podia estar l'ull que vigila el cel...?

No vam trigar gaire a descobrir-ho.

L'Eli va fer un xiscle d'alegria.

—Com és que no se m'havia acudit abans!

Jo feia cara de babau.

Aleshores, l'Eli, amb veu misteriosa, em va dir:

—L'ull que vigila el cel només pot ser això.

I va assenyalar en el mapa un punt a la falda del Tibidabo on deia: «Observatori Astronòmic Fabra!».

—Un observatori astronòmic! És clar! És veritat! —vaig saltar content—. En un observatori hi ha telescopis que vigilen el cel!

—Ja ho tenim! —vam cridar tots dos alhora plens d'emoció i ens vam abraçar.

L'Eli aleshores se'm quedà mirant amb un posat seriós. I tot seguit em va fer un petó a la galta que m'hi deixà una marca de xocolata. Em vaig tornar una mica vermell, i perquè no se'm notés vaig fer:

—Hem d'afanyar-nos! Hem d'anar a l'observatori Fabra!

Vam deixar la bonica plaça del Pi. «Si algun dia em feia artista, aniria a viure-hi», em vaig dir. I amb l'ajut de l'Eli, l'exploradora, ens vam dirigir cap a la plaça Catalunya. Allí seria fàcil agafar un taxi per pujar fins a l'observatori Fabra.

La plaça Catalunya estava envaïda de turistes amb samarretes de futbol i barrets mexicans. Em vaig quedar ben parat.

—És que avui juga el Barça contra un equip estranger —m'informà l'Eli.

I a contiunuació hi va afegir:

—El meu pare sempre diu que una ciutat és com una olla a pressió i el futbol és la vàlvula d'escapament.

Allò em va fer gràcia.

—És clar que al meu pare li agrada més el bàsquet... —rematà la nena.

—Jo no hi entenc, de futbol. Al meu país, l'esport nacional és l'hoquei sobre gel. Però l'àvia sí que en parla, de vegades, del Barça. Diu que és l'ambaixador de Catalunya i que és conegut arreu del món.

—Doncs a mi m'agrada el ping-pong —confessà l'Eli divertida.

Vam tornar a mirar aquells paios amb la fila estrafolària que feien.

—El que no entenc és per què van amb barrets mexicans. He vist molts turistes que en porten.

L'Eli va dir amb picardia:

—Ah, no sabies que Barcelona té un barri mexicà?

—On?

—A la Sagrada Família.

I em mirà burleta i finalment va esclafir a riure.

Vaig fer cara de no entendre res.

—És broma. És que a la Sagrada Família hi ha moltes botigues de souvenirs i els turistes tenen la dèria de comprar-se barrets mexicans.

—Doncs és estrany... Què pensarien a Mèxic si els turistes anessin amb barretina...? —vaig pensar en veu alta.

—Sí, aquest sí que és un bon enigma.

I vam riure una estona.

Al cap d'un moment, vam anar a una parada de taxis que hi ha a la plaça Catalunya. Vam agafar-ne un i aleshores vaig dir:

—40° nord-oest.

La taxista es girà.

—Com diu?

—A l'ull que vigila el cel.

—A l'observatori Fabra, si us plau! —va salvar la situació l'Eli.

I el taxi va engegar. Era tanta la meva fal·lera que ja no sabia ni el que em deia.

Vam travessar Barcelona de baix a dalt. Primer per carrers rectes i després fent giragonses, vam anar fent via cap a la falda del Tibidabo.

Durant el trajecte, la taxista escoltava un programa de ràdio que parlava dels noms dels carrers de la ciutat. Era un programa ben entretingut.

—Quin és el carrer amb el nom més bonic de Barcelona? —va preguntar tot d'una l'Eli a la conductora.

La dona somrigué sense apartar la mirada del carrer.

—Ostres, aquesta és una bona pregunta... N'hi ha uns quants... Deixa'm pensar... La plaça del Dubte, el carrer de la Lluna, el carrer Diluvi...

La taxista encara rumià una mica més.

—Però a mi el que més m'agrada és el carrer Formiga.

L'Eli i jo vam esclatar a riure.

—Quin nom més divertit —vaig fer.

—Oh, n'hi ha d'altres més divertits encara —ens va comentar la taxista mentre girava a l'esquerra—. El carrer de Ja-hi-som, per exemple.

Vam tornar a riure.

—La plaça del Raspall...

—Deu haver-hi moltes perruqueries allí... —se'm va ocórrer de dir.

—El de les Mosques... —continuà la taxista— que és el més estret de la ciutat.

—A mi m'agrada el Torrent del Rovelló —va fer l'Eli.

—Sí, aquest també és divertit —digué la taxista—. Però el que més gràcia em fa és el carrer de l'Esquirol Volador.

—Òndia! —vaig saltar—. Aquest sí que m'agrada. Al meu país abunden molt els esquirols voladors.

Vam començar a pujar per la part alta de la ciutat. Se sentia olor d'herba fresca i les cases eren cada vegada més espaiades.

—El que és curiós —comentà la taxista quan ens vam aturar en un semàfor— és que gairebé no hi ha noms de dones als carrers de Barcelona.

—Ah no? —exclamàrem l'Eli i jo alhora.

—Ho han explicat fa una estona al programa. De més de 4.000 carrers, només 180 tenen noms de dones, i moltes són Mare de Déu...!

Ens vam quedar ben sorpresos.

El semàfor es posà verd i la taxista avançà.

—De vegades —va dir-nos—, penso que a les do-

nes ens fan viure en un país estranger. El país dels homes. Perquè la majoria de coses estan fetes només a la seva mida. Els carrers, els edificis, els cotxes i un munt de coses més... Fins i tot la majoria de carrers amb noms de persones són d'homes!

La taxista ens mirà pel retrovisor i va acabar dient:

—I això que Barcelona és femenina... Diem «Barcelona posa't guapa», no «guapo».

Finalment vam arribar a un camí que, entre pins, duia a l'observatori Fabra. La taxista ens va deixar allí.

Vam pagar i li vam confessar que ens ho havíem passat d'allò més bé parlant amb ella.

—A reveure. Ah!, me n'oblidava —va dir tot d'una—. També hi ha un altre nom de carrer que m'agrada molt: el dels Petons.

—Adéu —li vam dir amb simpatia.

—L'últim a arribar a l'observatori es queda sense la seva part del tresor! —vaig cridar aleshores.

I vaig arrencar a córrer. Ella em va seguir i vam aca-

bar empaitant-nos entre un bosquet de pins que despre-
nien una olor de resina molt forta. Encara ens perse-
guíem que l'Eli va aturar-se de cop.

—Què tens? —li vaig preguntar.

—Gràcies —va dir-me ella amb una d'aquelles mi-
rades.

Vaig fer cara d'estranyat.

Una esgarrifança de satisfacció em pujà per l'esque-
na. Vaig somriure i la vaig acaronar.

—Au, anem a veure l'ull que vigila el cel.

Davant l'observatori hi ha un mirador. Ens hi vam
apropar. La vista era magnífica.

—És cert —va comentar l'Eli mentre contemplà-
vem la ciutat sota el cel que començava a posar-se ro-
gent—. Barcelona té nom de dona...

Tot seguit vam entrar a l'observatori. Ens sentíem

com detectius seguint una pista. El tresor, devia estar amagat allí dins...?

Encara era hora de visita, de manera que vam poder veure el telescopi i altres aparells per mesurar astres. Amb un ull descobríem la ciència del cosmos i amb l'altre miràvem de trobar algun senyal de l'àvia.

Ens vam assabentar que el Fabra estava especialitzat en l'observació d'asteroides, que són petits planetes. I que n'havien descobert uns quants, un dels quals va ser batejat amb el nom de Barcelona.

—O sigui que hi ha una Barcelona voltant per l'espai —se m'acudí de comentar—. T'imagines que una dia astronautes catalans fundessin una nova ciutat de Barcelona en aquell asteroide?

—T'has begut l'enteniment —va fer l'Eli ben divertida.

I tot seguit m'explicà una altra cosa que desconeixia.

—No cal anar tan lluny. Sabies que existeixen altres ciutats que es diuen Barcelona sobre el planeta Terra?

—Ah, sí? On? —vaig demanar pensant que intentava aixecar-me la camisa.

—A Veneçuela, a les Filipines i a Mèxic. Ho vaig llegir en un llibre.

—De manera que també hi ha barcelonins veneço-
lans, filipins i mexicans... —vaig fer divertit.

A l'observatori vam veure una sala on feien una ex-
posició d'ecologia urbana. La vam visitar.

Sobretot ens cridaren l'atenció els plafons solars als
terrats de Barcelona i la construcció d'una plataforma
marina amb aiguamolls, on desemboca el riu Besòs, per
als ocells migratoris.

—Portaré la meva mare perquè vegi això —vaig dir
entusiasmat.

També era interessant la recuperació del fons marí
amb la instal·lació d'esculls artificials perquè els peixos
i les algues tornin al litoral.

—No entenc com l'home maltracta tant la natura
—va dir l'Eli.

—Sí. Els adults sempre s'enfaden perquè tornem

bruts de jugar... Ells sí que són bruts, que empudeguen la natura amb fums i deixalles!

Vam recórrer l'exposició alhora que buscàvem indicis de l'àvia.

—Potser la resposta és a fora... —vaig dir.

Mentre investigàvem pels voltants, vam veure a la barana del mirador un parell d'ulleres de llarga vista d'aquelles que funcionen amb monedes.

—Ensenya'm on viu el teu avi —se m'acudí de dir-li a l'Eli.

—Les Roquetes?

—Sí.

L'Eli va ficar una moneda a l'aparell, es va orientar i me'l va mostrar. Es veien casetes senzilles, però ben fetes, carrers costeruts i escales interminables.

«Roquetes, el barri fet amb les mans dels seus veïns», vaig pensar...

Jo també volia demostrar-li que coneixia coses de Barcelona, de manera que li vaig dir:

—I tu sabies que Barcelona és la ciutat dels jardins amb xemeneia?

—Jardins que fumegen? —se'n va sorprendre.

—No —vaig riure.

I li vaig contar a l'Eli el que m'havia dit el representant de vetesifils sobre les fàbriques convertides en jardins.

—Vols comprovar-ho?

I sense esperar resposta, vaig ficar unes monedes a la ullera de llarga vista i la vaig desafiar.

—A veure qui en descobreix més!

Vam escrutar la ciutat com si fóssim dos capitans de submarí mirant pel periscopi.

—Ostres, no m'hi havia fixat mai! Al parc del Clot, al meu barri, n'hi ha una! —va dir l'Eli engrescada.

—Al Poble Nou, prop dels gratacels, n'hi ha una altra! —va continuar.

Jo vaig mirar cap a Sant Pau del Camp i li vaig mostrar la que coneixia.

I tot mirant per aquella banda, en vaig descobrir tres de molt altes en un altre parc.

—Apa, quina passada!!

—Què? —va fer ella.

—Torpede a babord! —vaig cridar girant-li l'ullera de llarga vista en aquella direcció.

Encara en vam descobrir unes quantes més.

—Oh, s'ha acabat el joc! —va protestar l'Eli en quedar-nos sense monedes.

I mirant-me amb satisfacció em va dir:

—Que n'ets, de divertit, francès!

Vaig protestar.

—Francès, no! Quebequès!

S'estava bé allà dalt. Encara hi havia claror, però començaven a encendre's els primers llums de la ciutat. «Si no trobàvem aviat cap senyal de l'àvia», vaig pensar, «l'Eli hauria de tornar a casa i jo hauria de fer el mateix, encara que no en tenia cap ganes». On es devia haver ficat!

L'Eli també estava capficada en els seus pensaments. Me la vaig mirar de reüll. Semblava que mirés l'infinit, però contemplava la ciutat. I els cabells, gronxats pel ventet, li ballaven a la cara.

S'adonà que l'observava i em va somriure. No li vaig preguntar què pensava. Ella mateixa m'ho va dir.

—Això de les xemeneies m'ha fet recordar coses que m'explica l'avi.

Em va mirar un instant i continuà parlant amb els ulls clavats a la ciutat.

—Saps, l'avi va treballar en un d'aquests jardins amb xemeneia... quan encara eren fàbriques.

Va fer un moment de silenci i tot seguit continuà:

—I de vegades explica que la vida dels obrers era dura. Llavors em preguntà:

—Sabies que abans els nens treballaven a les fàbriques?

—Els nens?

—Sí.

—I que les obreres cobraven menys que els obrers? I que un dia de feina podia durar quinze hores...?

Vaig estar-me una estona sense dir res. Al cel, només s'hi veia un estel. A la fi vaig comentar:

—Hi ha algun monument a l'esforç d'aquesta gent?

L'Eli s'arronsà d'espatlles.

—No ho sé.

—Potser el millor monument ha estat plantar flors i arbres a les antigues fàbriques...

L'Eli em mirà i somrigué.

Ens quedàrem mirant com la ciutat s'anava omplint de llumetes.

Vam reprendre la recerca a l'exterior de l'observatori. No podíem acceptar que haguéssim de tornar a casa amb les mans buides.

Llavors ens vam fixar en un aparell meteorològic instal·lat dins una caixa metàl·lica. El vam revisar i en passar la mà per la part inferior... vaig trobar-hi un paperet!!

—Ja el tinc! —vaig saltar d'alegria.

I triomfal el vaig fer onejar com una banderola.

Tanmateix, quan començava a llegir-lo, una ventada se me'l va endur de les mans. El paperet s'enlairà cel amunt mentre intentàvem enxampar-lo. El vam perseguir en una correguda esbojarrada, però una nova ventada se l'emportà barana del mirador enllà.

No ens ho podíem creure! Vam quedar-nos amb un

pam de nas, petrificats, tot mirant com el paper volava i volava per sobre de la ciutat. A la fi, va ser un puntet que es confonia amb el cel.

Com em podia haver passat una cosa així! Em vaig maleir. Ens vam mirar desconsolats. No sabíem què dir. Recordava haver llegit un parell de paraules. Alguna cosa sobre un barri i un mercat... però allò no ens ajudava gaire. Ara que hi érem tan a prop, no em podia resignar a perdre el tresor! Però, què hi podíem fer!

Finalment, vam agafar un camí que ens va dur fins a la parada del vell tramvia que baixava a la ciutat. Tot esperant-lo, es va fer de nit. Vaig mirar el cel. La llum de la ciutat eclipsava totes les estrelles del cel.

Dins el tramvia, em vaig preguntar si l'àvia devia haver tornat a casa. Vaig trucar-li, però no em contestà ningú.

Mentre anàvem baixant, l'Eli em va passar un braç per l'espatlla, però no em va dir res. Sabia que tenia ganes d'estar callat. Em sentia trist.

Vaig tancar els ulls un moment. Quan els vaig tornar a obrir, em vaig fixar en un diari abandonat que hi havia al seient del davant. No li vaig donar cap importància, però, tot d'una, els ulls se'm van obrir de cop. A la portada, hi deia:

Feia referència a les restes arqueològiques trobades en aquell antic mercat!

—Crec que ja ho tinc! —li vaig dir a l'Eli ben a poc a poc.

L'àvia és arqueòloga i aquelles restes les acabaven de descobrir. Estava segur que ella hi tenia el nas ficat. I en el paperet hi havia llegit BARRI i MERCAT. No podia ser res més que el barri trobat dins el mercat. Quin altre lloc més escaient podia haver-hi per amagar un tresor...? Però devia ser aquella la pista correcta...?

UN BARRI ENTERRAT
DINS UN GRAN MERCAT

ARA, amb el metro, ens vam plantar una altra vegada a prop del parc de la Ciutadella. L'antic mercat del Born hi és a tocar.

Feia humitat. La humitat de Barcelona que fa venir mal d'ossos, segons l'àvia. I la llum dels fanals era densa com la llet.

De seguida vam trobar la carcassa metàl·lica del mercat del Born. L'edifici estava tancat. Però entre les reixes vam poder veure una gran estesa de ruïnes, il·luminades tènuement.

Segons el diari, eren del segle XVIII i d'abans i tot. Amb els meus propis ulls vaig poder veure el barri que va fer destruir aquell rei de tan mal record: Felip V.

Es veien els carrers, les parets enrunades de les cases, les llambordes del paviment... Era un espectacle que sorprenia!

—Hem d'entrar-hi —s'afanyà a dir l'Eli—, si volem trobar el tresor...

La veritat és que feia respecte caminar de nit per un barri fantasma, amb tot d'ombres allargassades projectant-se dins d'aquell mercat de ferro.

Per unes reixes doblegades ens vam esmunyir dins.

Vam començar a caminar per aquell espai irreal. Era allí on ens havia volgut conduir l'àvia? N'estava segur, però es feia difícil trobar res en un lloc tan gran.

Un soroll ens sobresaltà de cop i volta.

—Què ha estat això? —vaig fer.

Només era un gat que havia espantat uns coloms.

De seguida, però, vam sentir un altre soroll. Se'ns posà la pell de gallina. Era un so persistent, monòton, com si algú colpegés alguna cosa una vegada i una altra.

—I si ens n'anem? —vaig dir a l'Eli.

—Potser algú se'ns ha avançat i està desenterrant el tresor...

—No facis broma!

—Anem a veure-ho i ho sabrem.

I ens hi vam acostar a poc a poc sense fer soroll.

Vam arribar fins a una mena de pou. El so venia d'aquella gola negra.

—Qui, qui hi ha aquí dins...? —va preguntar l'Eli més morta que viva.

—Estic salvada! —se sentí des del forat.

Aquella veu em resultava familiar.

—Àvia!?

—Roger! Has aconseguit arribar! Ja començava a pensar que no te'n sortiries!!

—Què fas aquí dins? —vaig cridar alarmat.

—No puc sortir. Hi ha d'haver una escala a prop. Porta-la!

—Estàs bé, àvia? —encara vaig preguntar.

—Sí, sí. Però fa moltes hores que sóc aquí dintre.

Vam trobar una escala recolzada en una cisterna i de seguida la vam baixar al pou.

I, a poc a poc, d'aquella manera tan original, em va rebre l'àvia a Barcelona! Sortint d'un pou!

Ens vam abraçar immediatament i no vaig poder evitar que em saltessin les llàgrimes.

—Estic bé, Roger —va fer mentre m'acaronava—.

M'hauria pogut matar —va exclamar—. Sort que no era prou fondo! I uns sacs han aturat la caiguda.

Ja més serè, li vaig presentar l'Eli.

—Vaja, veig que has fet una amigueta —i em picà l'ullet.

I tot seguit ens va dir:

—Si no és per vosaltres, m'estic aquí dins tot el cap de setmana!

—Què li ha passat? —va preguntar l'Eli.

L'àvia em mirà.

—Ahir em vaig quedar treballant fins tard, quan ja no hi havia ningú. I vaig tenir la mala sort d'entrebancar-me i caure al pou.

L'àvia, aleshores, es va tocar el cap.

—Vaig quedar inconscient i quan m'he despertat i he vist l'hora que era he recordat que ja devies haver arribat a Barcelona.

L'àvia s'espolsà la roba i va continuar:

—De seguida t'he trucat, però el mòbil s'ha desllorigat amb la trompada i la conversa s'ha tallat de cop.

—Sort que el Roger ha anat seguint les pistes! —va fer l'Eli.

—Sort n'he tingut de vosaltres. N'estic ben orgullosa.

Vam sortir del mercat per agafar un taxi. Passaríem primer per l'ambulatori, per si de cas, i després aniríem a casa.

Mentre l'esperàvem, no em vaig poder estar de preguntar-li:

—Àvia, on és el tresor?

Va somriure.

—Quina te n'he muntat, oi? Em sap molt de greu que hagis estat tot el dia sol per la ciutat. Només t'havia preparat un joc.

—No he estat sol. L'Eli i unes quantes persones més m'han ajudat.

L'àvia aleshores ens mirà a tots dos.

—El tresor és ben a prop de les ruïnes, però s'ha de trobar de dia. Ara anem a descansar.

I va afegir amb una veu plena de misteri:

—Demà al matí el trobarem.

Després de deixar l'Eli a casa seva, els metges van dir que l'àvia estava bé! Tot seguit vam anar al seu pis. Estàvem tan rebentats que ens vam adormir només ficar-nos al llit.

L'endemà, l'àvia, encara que una mica baldada, em despertà tot dient:

—Anem a veure el tresor.

Vam trucar l'Eli, la vam passar a recollir i vam arribar fins al barri de la Barceloneta.

Aleshores l'àvia va dir, ben solemne:

L'Eli i jo ens vam mirar sense entendre res.

I finalment ens vam decidir a avançar, gairebé sense respirar.

A l'altra banda de la cantonada ens va rebre un cop d'aire salat i vam veure, de sobte, davant nostre, la immensa lluminositat blava del mar.

Era una visió imposant. Les escates del sol saltironaven sobre la pell de l'aigua. El cel, gairebé tan blau com el mar, era un altre espectacle. I la remor de les onades et transportava fins a un món, serè, tranquil, lluny del soroll de la ciutat. Veure de cop i volta aquella immensitat, aquell horitzó tan extens, t'eixamplava el cor... només girant una cantonada.

«Quina sort tenen els barcelonins», vaig pensar. Po-
den sortir del laberint dels carrers i omplir-se la mirada
amb aquest fantàstic paisatge.

L'àvia em posà una mà sobre l'espatlla. La vaig mirar als ulls. Acabava de descobrir el tresor. El gran tresor de Barcelona:

el mar

EXPLORA LA CIUTAT

Hi ha aventurers que exploren deserts, selves, oceans... però poques persones intrèpides exploren ciutats. Explorar terrenys desconeguts ens fa descobrir coses noves, molt interessants. Voleu explorar Barcelona com si féssiu la descoberta de terres verges? Doncs, endavant!

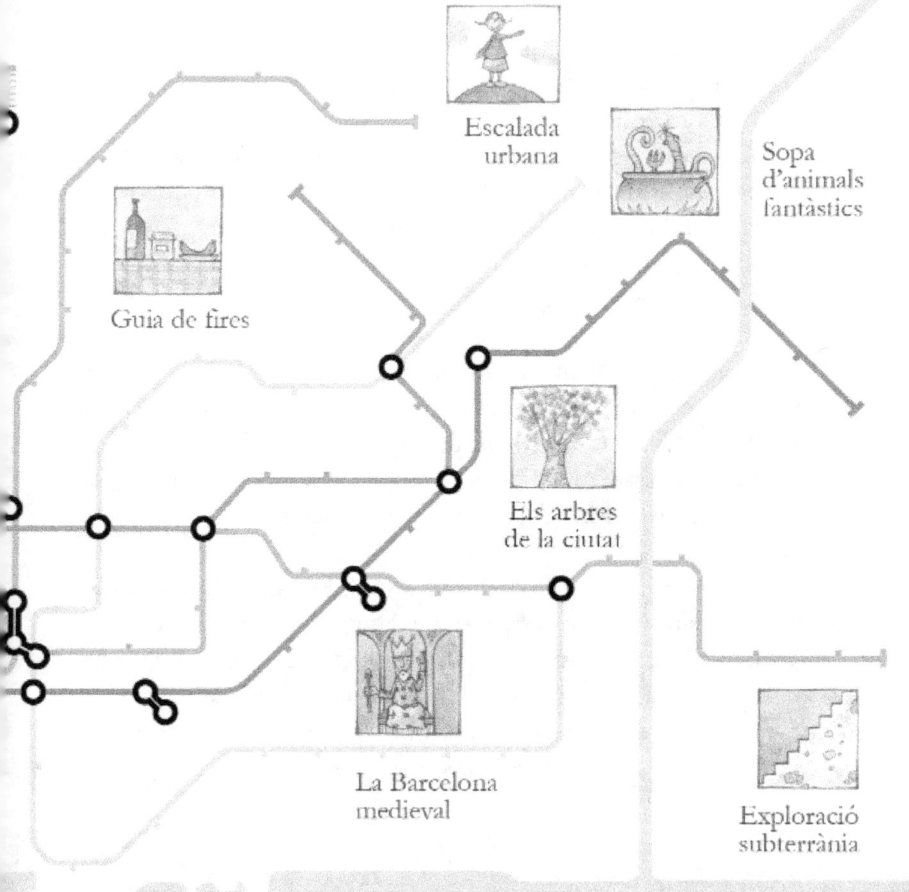

ELS ARBRES DE LA CIUTAT

Com els boscos i les selves, Barcelona té molts arbres. De fet, és una de les ciutats d'Europa amb més arbres al carrer. Quan caminem per la ciutat sempre els tenim davant, com els semàfors o els fanals, però segurament, no sabem com es diuen ni d'on procedeixen.

Els arbres són molt beneficiosos per a la ciutat. Ens apropen la natura a casa, fan ombra, aturen el vent i esmorteeixen el soroll, les fulles absorbeixen la pols i les partícules de contaminació i renoven l'oxigen de l'atmosfera.

Si feu una bona exploració, descobrireu al terra, davant d'alguns arbres de la ciutat, una rajola verda on posa el seu nom en català i en castellà.

L'arbre més representatiu de Barcelona és el **plàtan**, però hi ha un munt més d'espècies per conèixer.

Us proposem una exploració que us farà descobrir arbres dels cinc continents sense sortir de Barcelona. Porteu un bloc i llapis, d'aquesta manera els podreu catalogar com fan els botànics tot dibuixant-ne la forma i el color del tronc, de les fulles i de les flors.

D'aquesta manera us serà més fàcil de tornar-los a identificar.

★ A la plaça Universitat, al xamfrà de Gran Via i Aribau, hi trobareu un parell de bellaombres. Un gran arbre la pell del qual sembla la d'un elefant o un dinosaure. És l'arbre típic de la pampa argentina, una extensa prada on viuen els gauchos, els equivalents argentins del *far west* nord-americà.

★ Sabeu què té en comú Barcelona amb Sibèria? Si deixeu la plaça Universitat i pugeu carrer Aribau amunt fins a arribar al carrer Aragó, us trobareu amb els oms siberians. Un arbre que, tal com indica el seu nom, prové d'aquella remota i freda regió. Malgrat venir de l'extrem d'Àsia, aquest arbre és el segon més nombrós de Barcelona, amb més de 10.000 exemplars.

★ Resseguint el carrer Aragó, arribareu al carrer Villarroel. Allí descobrireu els lledoners. És un arbre típic de la Mediterrània. Els pagesos catalans en feien servir la fusta per construir forques i altres estris de treball. És el tercer arbre més nombrós de Barcelona, amb més de nou mil exemplars.

★ D'Oceania, als carrers de Barcelona en tenim uns quants arbres, però només us parlarem del més nombrós: l'arbre ampolla, anomenat així perquè el seu tronc recorda una ampolla llargaruda de licor. El podeu veure al carrer Casanova, entre d'altres indrets de la ciutat.

★ Curiosament, no tenim cap arbre del continent africà als carrers de Barcelona. La palmera, tan present a la nostra ciutat, és la palmera de Canàries.

El recorregut d'una bona exploració no s'hauria d'acabar sense visitar dos arbres singulars que es troben al parc de la Ciutadella:

★ El xiprer calb, que prové dels pantans de Louisiana, als Estats Units, el qual creix dins l'aigua i pot arribar a viure mil anys.

★ I la bellíssima **acàcia de Constantinoble**, la qual, malgrat el seu nom, prové del Japó. És un arbre que es troba amagat rere l'Institut Verdaguer, dins del mateix parc, i que és d'interès local perquè és un arbre fins no fa gaire molt poc corrent. També se'l coneix com l'arbre de la seda per les seves boniques flors liles.

★ Molts dels arbres de Barcelona es troben als boscos catalans. Quan aneu d'excursió, podeu aprofitar l'ocasió per fer-vos un petit herbari tot assecant fulles d'aquests arbres. Per tal d'assecar-les, fiqueu les fulles entre dos fulls de diari i poseu-hi un pes considerable al damunt. Deixeu passar una setmana i després ja les podeu posar en un àlbum i conservaran el seu color.

★ Sabíeu que als xamfrans de l'Eixample de Barcelona es planta-
ran arbres de flor i cada barri tindrà les flors d'un color dife-
rent? Si viviu a l'Eixample, us agradaria saber quin color tindrà
el vostre barri?

Sant Antoni	*Sofora*	(flors de color crema)
Dreta de l'Eixample	*Magnòlia*	(flors blanques)
Esquerra de l'Eixample	*Arbre de l'amor*	(flors rosades)
Sagrada Família	*Mèlia*	(flors lila clar)
Fort Pienc	*Xicranda*	(flors blaves)

★ Qui explora també ha de saber remenar a les biblioteques. Bus-
queu aquests arbres als llibres de plantes per saber com són,
així després, quan els vegeu per la ciutat, els podreu identificar.
En un plànol de Barcelona, busqueu aquests barris i pinteu-los
amb els colors de les flors que tindran.

★ Els arbres són éssers vius i com a tals senten i tenen molta
energia. Si n'abraceu un durant una estona, sentireu com us re-
gala la seva vitalitat. Feu-ne la prova!

SOPA D'ANIMALS FANTÀSTICS

Barcelona està poblada d'animals fantàstics. Descobriu-ne vuit dins aquesta sopa de lletres. Endevineu on es troben i què representen. Després aneu a visitar-los amb una càmera fotogràfica i podreu convertir el passeig en un safari fotogràfic.

En acabat, si heu sabut explorar bé, penseu i escriviu una sola història on surtin tots aquests animals.

```
                                        B A J
            N E                   P     E L L R
   X R T U O L M L     H E J R T I F E I
   L A N H A S S D R A G I R A F A M V I
   A L O C T E L E A U A L L E M R O S
 M E I A R A I N I A C M E U L E S N I O
 U S G L N H E J B P O S       O E J R N
 A I T R R G N M L R A N       F I A L
   T O P E I A V G U E P       M G J G
   U R L G G I R F A T G A M R U C A O
 O G O U I S L P D O A F E L E R T N T
 A N Q S R G E B A A X L R H L J I A V V
   C D E A E G L R A I E L A N O N R G E
   L P I T G U F I V M X G A B E N D E
 N A R R U F Q L A S S E T R L I A A N E
 S I D N M S E L D R A C O N F I V O P S
   T T F A R L A R A L L A C D I F N T
 F E R V M S     A I T F M T
   E F A V
```

(Solució i explicació a les pàgines finals.)

L'endevinalla

No és avió, cotxe, ni vaixell
però cada dia viatges amb ell.
Pots anar fins al terrat,
o baixar fins al pàrquing
on els pares tenen el cotxe aparcat.

Si encerteu aquesta endevinalla,
penseu les preguntes següents:

Quants en coneixeu?
N'hi ha gaires a Barcelona?
Deixant de banda l'avió, el cotxe i el vaixell,
penseu en d'altres mitjans de transport i escriviu-los
per ordre de preferència.

____

____

____

____

Quin és el mitjà de transport més insòlit
amb què heu viatjat?

____

Ara ja podeu anar a l'apartat de «Solucions» i descobrireu
com podeu continuar explorant Barcelona.

LA BARCELONA MEDIEVAL

Alguns edificis realment espectaculars que conservem a la nostra ciutat són fruit de l'empenta de Catalunya i Barcelona a l'Edat Mitjana.

Enllaceu cada un d'aquests edificis medievals en el barri on es troben i aneu a visitar-los. Quan hi sigueu a dins, us sentireu transportats a la llunyana i llegendària Edat Mitjana.

Hospital de la Santa Creu   *Barri Gòtic*

Drassanes   *Barri de la Ribera*

Santa Maria del Mar   *Portal de Santa Madrona*

Saló del Tinell   *Barri del Raval*

(Solució al final.)

Santa Maria del Mar és anomenada el Partenó català. El Partenó és el temple de l'antiga Grècia més important d'Atenes. Santa Maria del Mar, l'anomenen així per la seva bellesa.

Quin element arquitectònic us en sembla més sorprenent? Observeu-lo amb atenció i després dibuixeu-lo.

El Saló del Tinell és una espectacular sala gòtica on els reis rebien personalitats o oferien grans banquets. Es diu, però no se sap del cert, que els Reis Catòlics van rebre Cristòfol Colom al Saló del Tinell quan va tornar d'Amèrica.

Dibuixeu els arcs d'aquest gran saló.

L'Hospital de la Santa Creu era un antic hospital medieval. Avui les seves grans sales d'arcs ogivals alberguen la Biblioteca de Catalunya. Paga la pena veure-la.

Sabríeu dibuixar una finestra i un arc ogival
d'aquest edifici?

Les drassanes eren els llocs on es construïen els vaixells. I les drassanes medievals de Barcelona són les més ben conservades del món. Actualment acullen el **Museu Marítim** de la Ciutat, que compta també amb una biblioteca. Una de les peces més importants que s'hi conserven és una reproducció de la galera Reial capitana de la flota que va participar a la batalla de Lepant contra els turcs.

Feu el dibuix d'una galera.

Finalment, dibuixeu un edifici medieval inventat per vosaltres. Pot tenir merlets, com els castells, cúpules, com les catedrals, gàrgoles, finestrals, pont llevadís... Podeu utilitzar els dibuixos anteriors per col·locar-los en el vostre edifici medieval.

EXPLORACIÓ AMB BRÚIXOLA I SALACOT

Una bona exploració requereix saber utilitzar la brúixola.

Agafeu el mapa oficial de Barcelona i poseu una brúixola sobre la plaça de Catalunya.

Orienteu el mapa cap al nord amb l'ajut de la brúixola i enganxeu-lo a la taula amb cinta adhesiva perquè no es mogui.

Amb un regle, traceu una ratlla que travessi la plaça Catalunya de nord a sud.

Després agafeu un transportador de 360° i col·loqueu-lo damunt la plaça Catalunya amb el 0° orientat cap al nord.

Tot seguit busqueu al transportador els 55° nord-oest i marqueu-ho amb un llapis al mapa.

Busqueu també els 19° nord-oest.

Tot seguit busqueu els 28° nord-est.

Finalment busqueu els 71° nord-est.

(Us donem un cop de mà per a aquesta darrera pista: és al carrer Wellington.)

Traceu una línia ben llarga en cada una d'aquestes quatre direccions i, exactament o aproximadament, hi trobareu un **edifici de Gaudí, un parc, un pont modern** i **un dipòsit molt sorprenent.**

Aneu a visitar-los... si els trobeu.

(Solució a les pàgines del final.)

ESCALADA URBANA

Barcelona està situada entre el mar i Montjuïc, d'una banda, i la serralada de Collserola, de l'altra.

Gairebé sempre, mireu cap a on mireu, veureu a l'horitzó alguna muntanya. I és que Catalunya és un país muntanyós.

Però, potser, el que no sabeu és que dins de la ciutat també tenim una serralada, amb tres petites muntanyes. Potser no us hi heu fixat perquè són muntanyes molt urbanitzades.

Les tres muntanyes es diuen **turó del Coll**, de 247 m, turó del **Carmel**, de 266 m, i **turó de la Rovira**, de 261 m, popularment conegut com la muntanya Pelada.

Aquestes muntanyes separen barris situats a banda i banda. Com Vallcarca de la Vall d'Hebron, o el Guinardó, del Carmel i Horta. Són barris separats per muntanyes!

Amb uns prismàtics, des de qualsevol mirador de la ciutat, ho podeu contemplar.

★ Podeu pujar fins al **coll del Portell**, que separa el **turó del Coll** i el del **Carmel**. S'hi pot arribar amb les escales mecàniques que hi ha als carrers. Descobrireu una altra Barcelona, situada a les alçades.
Una vegada al coll del Portell, podeu refrescar-vos al parc de la **Creueta del Coll**, on hi ha una magnifica piscina i una escultura de Chillida, que sembla les grapes d'una grua, i que es diu *Elogi de l'aigua*.

★ Després escaleu el turó més alt dels tres: el del **Carmel**. És l'Everest de Barcelona i podreu dir que heu fet el cim de la ciutat. Allí es pot visitar l'ermita de Fàtima i contemplar una vista ben sorprenent.
Finalment, entreu al parc Güell per la part de dalt i aneu baixant fins al barri de Gràcia.

EXPLORACIÓ SUBTERRÀNIA

Sabíeu que Barcelona té un túnel? Sota la muntanya Pelada passa el túnel de la Rovira, que uneix el Guinardó amb Horta.

Amb la ruta dels ascensors, heu conegut una mica el «sostre» de la ciutat. Ara podeu conèixer el subsòl de Barcelona.

No, no us preocupeu, no us caldrà cap llanterna ni anar vestits d'espeleòlegs.

★ Aneu al Museu d'Història de la Ciutat, a **la plaça del Rei**, i feu un itinerari per la Barcelona romana situada sota el **barri Gòtic**. Hi descobrireu les velles cases i carrers romans i sabreu que Barcelona tenia al voltant de mil tres-cents metres de muralles. Descobrireu també on era el temple, el fòrum, les termes i també on es batejaven els primers cristians.

★ Una vegada visitada la Barcelona romana, continueu al subsòl de la ciutat i visiteu-ne les **clavegueres**.
Al passeig de Sant Joan cantonada amb la Diagonal, hi podeu veure trams de les clavegueres. Un laberint subterrani que fa 1.535 km de longitud. I que disposa de tot un servei informatitzat per a mesurar, retenir i analitzar les aigües subterrànies de la ciutat.

★ Del subsòl romà fins al subsòl del clavegueram podeu anar-hi amb metro: el tren amagat dins les entranyes de la ciutat. Agafeu la **línia groga**, a la parada de Jaume I, i baixeu a la parada de Verdaguer.
El metro de Barcelona es va començar a construir a finals de la dècada de 1920 i la primera línia construïda va ser la vermella, la qual llavors no es deia així i era molt més curta. Penseu que no totes les ciutats tenen metro i que és un servei molt important per a la ciutat.
Tot plegat fa que aquesta excursió sigui un autèntic viatge subterrani...

EL BESTIARI DE LA CIUTAT

En tota bona exploració ens trobem en un moment o altre amb la fauna de l'indret que explora. A continuació us fem cinc cèntims de la fauna fantàstica barcelonina que surt al carrer a les festes, com la de la Mercè.

La Víbria: és un drac femella amb cua de serp i pits de dona. És la bèstia amb més mala fama de tot el bestiari barceloní.

El Drac: és una figuració del diable. Llença coets pels queixals, les ales i la cua. El drac és la més gran de totes les bèsties. I és la més forta, mal intencionada i perillosa.

La Mulassa: és la bèstia més esbojarrada i popular. Corre enfollida engegant guitzes a tort i a dret. S'obre pas llançant petards per la boca.

El Bou: és un personatge bonàs. Empaita la gent, però sense malícia.

La Tarasca: també anomenada Cuca Fera. Té cap de felí, cos de tortuga i cua i potes amb escates. El seu coll s'allarga i la boca mossega amb un soroll estrepitós. A més a més pot llençar caramels, aigua o foc.

El Lleó: és la bestiola més divertida de tot el bestiari. Si li tireu una moneda per la boca, balla tot fent dringar una campaneta.

Els Cavallets Cotonets: antigament participaven als balls de Turcs i de Cavallets. Després van pertànyer al Gremi de Cotoners.

Els Gegants del Pi: són en Mustafà i l'Elisenda i representen un noble sarraí i la dama blanca de les llegendes.

L'Àliga: au coronada, expressió de justícia i noblesa. El seu pas és elegant i el seu ball solemne.

Els Gegants de la Ciutat: són en Jaume i la Violant, que representen el rei Jaume I i la seva esposa.

Dibuixeu tres d'aquestes bèsties fantàstiques segons us les imagineu i després compareu-les amb la imatge real que trobareu a l'apartat de solucions.

L'Àliga: au coronada, expressió de justícia i noblesa. El seu pas és elegant i el seu ball solemne.

Els Gegants de la Ciutat: són en Jaume i la Violant, que representen el rei Jaume I i la seva esposa.

LA RUTA DELS INVENTS

★ Us proposem, tot seguit, un petit viatge per la Barcelona dels invents.

Primer heu d'anar al **Maremàgnum** i, al costat del cinema Imax, veureu el primer submarí modern de la història: l'*Ictíneo*, invent de Narcís Monturiol. Aquest inventor va ser el primer a posar les bases modernes dels viatges pel fons del mar. I les primeres proves es van fer al port de Barcelona a mitjan segle XIX. És possible que Jules Verne s'inspirés en els descobriments de Monturiol per escriure *Vint mil llegües de viatge submarí*.

★ Després heu de desplaçar-vos fins a la **plaça de les Glòries**.

Allà podreu descobrir un monument al metre com a unitat de mesura. L'Ajuntament de Dunkerque el va regalar a Barcelona. I és que per a establir aquesta unitat es va mesurar un meridià de la Terra, entre Barcelona i la ciutat francesa de Dunkerque. A la mateixa plaça de les Glòries podeu conèixer els moments històrics més importants de Catalunya llegint unes explicacions històriques escrites en dotze lloses negres col·locades al voltant de la plaça.

★ Finalment, aneu al **carrer Petritxol**, al rovell de l'ou de la ciutat. En aquell carrer tan pintoresc com estret es troba una placa commemorativa de Francesc Salvà, l'inventor del telègraf elèctric, l'any 1795. Salvà va posar en pràctica la telegrafia elèctrica amb una línia de cinquanta quilòmetres entre Madrid i Aranjuez. I va preveure que seria possible la comunicació sense fils, fenomen que l'italià Marconi va comprovar cent anys més tard.

Aprofitant l'estada al carrer Petritxol, podeu entrar després a una de les típiques xocolateries.

★ Quin d'aquests tres invents us sembla més important?

★ Us agradaria ser inventor o inventora? Què us agradaria inventar?

MUSEUS PER EXPLORAR

Us agradaria veure com roden els estels al cel, com és l'esquelet d'una balena, o veure de prop una mòmia o un munt d'autòmats antics? Tot això ho podeu descobrir a Barcelona.

Museu de Zoologia

No us el perdeu. Sembla el decorat d'una pel·lícula d'exploradors. I a més a més de l'esquelet de la balena hi trobareu un munt d'animals dissecats. Imprescindible. És al parc de la Ciutadella.

Cosmo Caixa

Tot un museu perquè vosaltres mateixos experimenteu amb els fenòmens físics. Dins també trobareu el Planetari, que us permetrà descobrir molts estels i els planetes del nostre sistema solar. El trobareu al carrer Teodor Roviralta.

Museu Egipci

Qui explora i no ha estat mai a Egipte? Perquè us aneu entrenant abans de visitar el país de les piràmides, feu un cop d'ull a les mòmies d'aquest interessantíssim museu. Es troba al carrer València, 284.

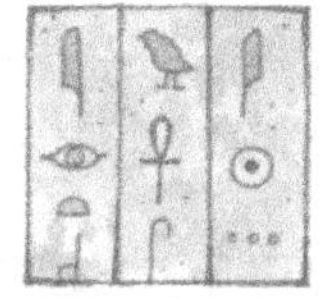

Museu d'Autòmats

Quan es van inventar els primers rellotges mecànics, també van sorgir els primers autòmats, plens de misteri i fantasia. Els podeu veure al parc d'atraccions del Tibidabo.

Aquari

No és un museu, perquè els seus hostes estan vius, però algú que fa exploracions ha d'haver vist alguna vegada un tauró o l'estranyíssim peix lluna. És al Maremàgnum.

Quan s'explora un indret cal tenir presents costums i tradicions. Aquí us n'indiquem alguns de la ciutat de Barcelona.

★ A la plaça Mercadal del barri de Sant Andreu, cada primer diumenge de mes se celebra una **fira de joguets**. Hi podeu anar a fer un cop d'ull, és molt interessant.

★ Al **mercat de Sant Antoni**, cada diumenge s'hi munten les tradicionals parades de llibres, còmics, videojocs i cromos.

★ Per Nadal, exploreu la **fira de Santa Llúcia**, davant de la Catedral, on podreu trobar tot el que us calgui per fer el pessebre.

★ I també per Nadal, a la Gran Via, teniu la coneguda **fira de Reis**, amb moltes que venen joguets.

★ Si us agraden les llaminadures, heu d'esperar a l'**aplec de Sant Medir**, que se celebra a Gràcia, el dia 3 de març.
Les colles de Sant Medir llencen més de cent tones de caramels des de carruatges tirats per cavalls.
¿Voleu saber per què se celebra aquesta festa?
Doncs Sant Medir va ser un pagès que els antics romans van matar. Al segle XIX, un pastisser que vivia a Gràcia, com a agraïment per la cura d'una malaltia difícil, va pelegrinar fins on havia estat martiritzat el pagès.

★ Podeu tastar més llaminadures a la **fira de Sant Ponç**, que se celebra l'11 de maig al carrer Hospital.
Antigament, molts remeiers i venedors de plantes medicinals feien mercat davant de l'Hospital de la Santa Creu, a l'actual carrer d'aquest nom. Ara la fira és de dolços, però encara hi ha qui ven ungüent de serp per millorar la salut.

★ Els matins de dies festius, al parc de l'Oreneta, funciona un **circuit de trens de miniatura**, que són prou grans perquè hi pugueu pujar.

Solucions

¿Però... segur que ja t'has trencat prou la closca?

SOPA D'ANIMALS FANTÀSTICS

```
                                        B A J
            N E                 P     E L L R
    X R T U O L M L   H E J R T I F E I
    L A N H A S S D R A G I R A F A M V I
    A L O C T E L E A U A L L E M R O S
  M E I A R A I N I A C M E U L E S N I O
  U S G L N H E J B P O S       O E J R N
  A I T R R G N M L R A N       F I A L
    T O P E I A V G U E P       M G J G
    U R L G G I R F A T G A M R U C A O
  O G O U I S L P D O A F E L E R T N T
  A N Q S R G E B A A X L R H L J I A V S
    C D E A E G L R A I E L A N O N R G E
    L P I T G U F I V M X G A B E N D E
  N A R R U F Q L A S S E T R L I A A N E
  S I D N M S E L D R A C F R F I V O P S
    T T F A R L A R A L L A C D I F N T
  F E R V M S   A I T F M T
    E F A V
```

LLANGARDAIX   GAMBA   GIRAFA
TORO   PAPALLONA   GAT
MAMUT   DRAC

Drac: a l'avinguda de Pedralbes, núm. 15, es troba la finca Güell, dissenyada per Gaudí. A l'entrada hi ha l'escultura d'un drac de ferro forjat. El drac es diu Lledó, fa cinc metres, té ales de rat-penat i el cos cobert d'escates. I és el guardià de la finca.

Papallona: al carrer Llançà, núm. 20, ben a prop de la plaça Es-panya, dalt de tot d'una casa senzilla hi viu una impressionant papallona de ceràmica policromada de l'època modernista, obra de Josep Graner.

Llangardaix: a l'entrada del parc Güell, també obra de Gaudí, hi trobareu un enorme llangardaix multicolor fet de trencadís. També a l'entrada del parc hi ha dues cases que recorden el conte de Hansel i Gretel. La de la dreta és la casa de la bruixa i la de l'esquerra és la dels nens.

Gamba: gamba gegant i simpàtica, dissenyada per Xavier Maris-cal, i que es troba al moll de la Fusta.

Gat: rera les Drassanes hi ha un gat espectacular, molt gras, obra del colombià Fernando Botero.

Toro i girafa: al començament i al final de la Rambla Catalunya, hi trobareu un toro pensador i una girafa molt coqueta. Obres de Josep Granyer. Si feu aquest recorregut, passejareu sota l'ombra dels famosos til·lers de la Rambla Catalunya.

Mamut: dins el parc de la Ciutadella, hi trobareu un enorme ma-mut, fet a escala natural, segons la maqueta de l'escultor Miquel Dalmau. Davant per davant podreu veure els famosos xiprers calbs.

I MÉS ANIMALS FANTÀSTICS

Si encara teniu més ganes de descobrir animals fantàstics, po-
deu anar a visitar dues llagostes gegants i un altre drac.

★ L'una, està situada al terrat del Col·legi d'Aparelladors, al pas-
satge del Bon Pastor, núm. 5, a l'esquerra del carrer Aribau, per
sobre de l'avinguda Diagonal. És obra del poeta Joan Brossa i
és metàl·lica i de colors.

★ L'altra és el símbol de la ciutat de Boston. Aquesta ciutat la va
regalar a Barcelona. Es troba a l'entrada a la mateixa plaça Bos-
ton, que porta als jardins de Monterols, a Sant Gervasi.

★ El drac, el trobareu al parc de l'Espanya Industrial. És un im-
mens drac de trenta-dos metres de llarg i dotze d'alt, i té un to-
bogan. És obra de l'escultor basc Andrés Nagel.

Sí, efectivament la **solució** és l'ASCENSOR. Ara ja podeu descobrir....

LA RUTA DELS ASCENSORS DE BARCELONA

De vegades no s'ha d'agafar cap funicular, tren, telefèric o autocar, metro o autobús per descobrir llocs insòlits. En aquest cas haureu d'agafar un munt d'ascensors.

Agafeu la càmera, perquè així podreu fer bones fotos panoràmiques de la ciutat, i també del mar. Després compareu les fotos i comprovareu que la ciutat canvia segons la perspectiva. Us adonareu, aleshores, que hi ha moltes Barcelones diferents.

Us agrada la Barcelona que veieu?
Què milloraríeu de la ciutat?
Com seria la vostra Barcelona ideal?
Quin és el barri que us agrada més i per què?

L'ascensor de Colom
Al monument de Colom, situat al final de la Rambla, es pot agafar un ascensor que porta fins al capdamunt de l'estàtua. A seixanta metres d'altitud, des de dins de la ciutat, podreu contemplar el mar, Montjuïc, els campanars de les esglésies gòtiques, les torres de la Sagrada Família i tindreu, a més, tota Ciutat Vella als vostres peus.

L'ascensor de la catedral
Sí, les catedrals també tenen ascensors, si més no, la de Barcelona. Amb l'ascensor podreu pujar al terrat de la catedral. Des d'allí podreu apreciar una vista insòlita i ben bonica dels altres terrats de Ciutat Vella. I veureu que la catedral, com molts altres temples gòtics, s'assembla a un vaixell. Potser per això de l'interior de les esglésies se'n va començar a dir naus...

L'ascensor de la torre de Collserola
Lluny del centre, a la serra de Collserola, es troba la torre de co-
municacions de la ciutat, amb gairebé trescents metres d'alçada.
La va construir l'arquitecte Norman Foster i és el punt on es
concentren les comunicacions de Catalunya. Des d'allí pot ha-
ver-hi una visibilitat de fins a setanta quilometres.

L'ascensor de Jujol
I per gaudir, finalment, veient un ascensor per si mateix, aneu
al carrer Mallorca, núm. 384, a la casa Iglesias. Dins descobri-
reu l'ascensor més fantàstic de Barcelona. És de l'època mo-
dernista i el va dissenyar el famós arquitecte i artista Josep Ma-
ria Jujol. Jujol també va fer els balcons de forja de la Pedrera i
la casa Batlló i els medallons i la decoració dels famosos bancs
del Parc Güell.

(Solució a la Barcelona medieval.)

Santa Maria del Mar   *Barri de la Ribera*

Saló del Tinell   *Barri Gòtic*

Hospital de la Santa Creu   *Barri del Raval*

Drassanes   *Portal de Santa Madrona*

★ 19° nord-oest: PARC DEL LABERINT

Si no el coneixeu, us podreu perdre en un autèntic laberint. Penseu que la ciutat és com un gran laberint, i un mapa, la solució per trobar els indrets.

★ 55° nord-oest: BELLESGUARD

Aneu fins al carrer Bellesguard, a Sant Gervasi. Aquest carrer fa referència a l'indret on el rei català Martí l'Humà es va fer construir una residència reial al segle XV. Gaudí hi va construir molt temps després una casa encantada. Aquest xalet sembla que sigui la residència de les fades.

★ 28° nord-est: EL PONT DE BAC DE RODA

Dissenyat pel famós enginyer Santiago Calatrava. Sembla que estigueu davant de la Barcelona més futurista.

★ 71° nord-est: DIPÒSIT D'AIGUA DEL PARC DE LA CIUTADELLA

Al carrer Wellington, a l'alçada del parc de la Ciutadella, hi ha un curiós edifici, força gran, que té al sostre un gran estany d'aigua. És el dipòsit de l'aigua que s'utilitza a la cascada del parc. L'edifici és actualment la biblioteca de la Universitat Pompeu Fabra. Damunt dels lectors hi ha cuatre mil metres cúbics d'aigua.
Si ho demaneu, es pot visitar.

BARCELONA, LA CIUTAT DELS JARDINS AMB XEMENEIA

EXPLORA LA CIUTAT

Sèrie Tirant lo Blanc
Joanot Martorell
Adaptació de Josep Lorman
7 volums. Rústica; b/n.; 13 x 21 cm.
PVP 58,00 €

Tirant lo Blanc està considerada la millor novel·la de cavalleries i un clàssic de la literatura universal.
En aquesta adaptació de 7 volums s'ofereix un text actualitzat i abreviat, respectant la riquesa argumental de l'obra original.

Moby Dick
Herman Melville
Adaptació d'Emili Olcina
128 pàgs.; rústica; b/n.; 13 x 21 cm.
ISBN 978-84-92442-49-2
PVP 9,00 €

Moby Dick, és una aventura marinera èpica, en què espresenta un duel entre l'home i les forces de la naturalesa, encarnades per un mar inexorable, on viu un ésser marí poderós i implacable. En aquesta adaptació per a joves hem prescindit de la major part de l'exhaustiva informació relativa a la cacera de la balena de l'obra original, a més, hem alleugerit les descripcions psicològiques dels personatges i les reflexions de caràcter filosòfic.

Dràcula
Bram Stroker
Adaptació d'Emili Olcina
Edicions en castellà i català.
192 pàgs.; rústica; b/n.; 13 x 21 cm.
ISBN 978-84-92442-17-1
PVP 10,00 €

Aquesta adaptació de la més cèlebre novel·la de Bram Stoker, Dràcula, a cura de l'escriptor de l'Emili Olcina, ens ofereix un text actualitzat i alleugerit, respectant la riquesa argumental de l'obra original, i destinat a un públic juvenil i adult.

Contes de Bagdad
Glòria Arimon
Amb la col·laboració de Josep Lorman
Il·lustracions: Helena Ruiz
Edicions en castellà i català.
112 pàgs.; rústica; b/n.; 13 x 21 cm.
ISBN 978-84-86684-64-8
PVP 9,00 €

Com en els relats de *Les mil i una nits,* els personatges de *Simbad, Alí Babà* i *Aladí i la llàntia meravellosa,* amb les cares i problemes dels joves de l'Iraq actual, tenen en comú les ganes d'aprendre, d'estimar i de passar-s'ho bé, i demostren que la paraula i la raó són les millors armes contra la barbàrie i la guerra.

Barcelona, la ciutat dels jardins amb xemeneia

Joan de Déu Prats
Il·lustracions: Lluís Filella
Edicions en castellà i català.
108 pàgs.; rústica; b/n.; 13 x 21 cm.
ISBN 978-84-86684-48-8
PVP 7,60 €

El Roger arriba a Barcelona procedent del Quebec per visitar la seva àvia. Però l'àvia ha desaparegut. Tanmateix, li ha deixat preparat ple d'enigmes i endevinalles per trobar un tresor amagat. Tot buscant l'àvia i el tresor, el Roger descobrirà un munt d'aspectes interessants de la història i la gent de la ciutat. Una eina excel·lent per conèixer Barcelona.

Los casos del inspector Hormiga

Joan de Déu Prats
Il·lustracions: Dani Giménez
Edició en castellà.
118 pàgs.; rústica; b/n.; 13 x 21 cm.
ISBN 978-84-86684-50-1
PVP 7,60 €

Mongo Moscardón, Johnny Cigarra, el doctor Piojo, McChinche… son algunos de los criminales que se tendrán que enfrentar al más famoso de los detectives invertebrados: el implacable inspector Hormiga.

La Patrulla Pesquera
Jack London
Edició en castellà.
120 pàgs.; rústica; b/n.; 13 x 21 cm.
ISBN 978-84-86684-43-3
PVP 7,60 €

En *La Patrulla Pesquera* encontramos la descripción de unos personajes singulares que entendían que en aquella bahía y en aquella época todo era válido, que la audacia y el valor eran los que determinaban las jerarquías, y que las mismas estratagemas, «el todo vale», la trampa, el engaño, usan los protagonistas para poder detener a los infractores de una ley que no castiga tanto el robo como una pesca indiscriminada.

La punta del Diamant
Josep Lorman
Edició en català.
126 pàgs.; rústega; b/n.; 13 x 21 cm.
ISBN 978-84-86684-44-0
PVP 7,60 €

Guillem Massana, un jove biòleg, s'embarca en un vaixell bacallaner que pesca als bancs de Terranova per tal de comprovar una hipòtesi científica. Però quan arriba a la petita illa de Saint-Pierre, és segrestat i no sap per què. Esbrinar-ho els portarà a ell i a la Carlota a descobrir una organització de narcotraficants disposats a fer el que calgui per mantenir la seva activitat en secret.

Les desventures de la Ventafocs

Josep Lorman
Il·lustracions: Lluïsot
Edicions en castellà i català.
24 pàgs.; cartoné; color; 21 x 29,7 cm.
ISBN 978-84-86684-72-3
PVP 15,00 €

Després de relatar, resumit, el conte de la Ventafocs per a aquells nens i nenes que no el coneixen, el narrador ens explica que un dia, quan llegia el conte al seu fill, va passar una cosa extraordinària. De sobte, el relat va canviar, i per molt que la fada padrina toqués la Ventafocs amb la vareta màgica per convertir-la en la noia preciosa que enamora el príncep, no s'hi convertia.

Sant Jordi, el Drac i la Princesa

Josep Lorman
Il·lustracions: Lluïsot
Edicions en castellà i català.
24 pàgs.; cartoné; color; 21 x 29,7 cm.
ISBN 978-84-86684-74-7
PVP 13,50 €

Aquesta recreació de la llegenda de Sant Jordi i el drac situa tots dos personatges en un parc temàtic modern, Medievàlia. Allí, cada dia, representen per a la concurrència la baralla de Sant Jordi i el drac, que és la màxima atracció del parc. Però el drac, que és un dels pocs dracs de debò que queden, té un accident...

La veritable història de Pinotxo

Joan de Déu Prats
Il·lustracions: Marta Brú
Edicions en castellà i català.
24 pàgs.; cartoné; color; 21 x 29,7 cm.
ISBN 978-84-86684-41-9
PVP 13,50 €

Era un arbre gran i vell que omplia el paisatge. Tenia el tronc fort i la capçada ample. Havia arrelat bé a la terra i això li havia permès pujar ben amunt i estendre llargues les branques, com si aquestes volguessin també arrelar-se a l'aire...

Els fantasmes de Nadal

(variació sobre un tema de Charles Dickens)
Josep Lorman
Il·lustracions: Ignasi Blanch
Edicions en castellà i català.
24 pàgs.; cartoné; color; 21 x 29,7 cm.
ISBN 978-84-86684-60-0
PVP 15,00 €

La nit de Nadal, el vell senyor Scrooge torna a rebre la visita del fantasma dels Nadals Futurs, que li mostra com aniran maldades al món si no s'hi posa remei. Llavors, reclama la intervenció dels tres fantasmes de Nadal per fer reflexionar als caps d'Estat dels vuit països més poderosos de la Terra per la recerca d'una solució.

Kaputxeta negra i el lleó ferotge

Lluïsot

Edicions en castellà i català.
28 pàgs.; tapa dura; color; 21 x 29,7 cm.
ISBN 978-84-92442-15-7
PVP 12 €

En aquesta versió del conte popular *La Caputxeta vermella*, de la mà de la protagonista trobarem com explicar als mes petits els valors de la igualtat de gènere, l'amistat i l'amor; veurem com, de vegades, les aparences enganyen i com cal estimar i respectar els animals i el seu hàbitat natural.

GENT I LLOCS DE BARCELONA

La Rambla

Il·lustracions: Pilarín Bayés
Joan de Déu Prats
Edicions en català, castellà i anglès.
24 pàgs.; cartoné; color; 24 x 17 cm.
ISBN 978-84-86684-45-7
PVP 14,00 €

La Rambla, vista des del cel, sembla una escletxa verda enmig d'un laberint. És un passeig pintoresc i cosmopolita perquè per ell circula gent dels cinc continents. És el passeig de Barcelona i hi trobaràs molt per divertir-te i per visitar. A La Rambla, però, s'hi ha d'anar, sobretot, a passejar, és a dir, a *ramblejar.* Us convidem a descobrir el passeig més bonic del món.

www.ingramcontent.com/pod-product-compliance
Lightning Source LLC
LaVergne TN
LVHW041326200726
843509LV00009B/618